孙宜学◎主编

智囊

[明] 冯梦龙◎著　　肖玉杰◎译注

朝華出版社
BLOSSOM PRESS

图书在版编目（CIP）数据

智囊 /（明）冯梦龙著；肖玉杰译注 . -- 北京：
朝华出版社 , 2025. 6. --（启秀文库 / 孙宜学主编）.
ISBN 978-7-5054-5600-6

Ⅰ . I242.1

中国国家版本馆 CIP 数据核字第 20251BW683 号

智　囊

[明] 冯梦龙　著

肖玉杰　译注

选题策划	黄明陆
责任编辑	葛　琼
责任印制	陆竞嬴　訾　坤

出版发行	朝华出版社		
社　　址	北京市西城区百万庄大街 24 号	**邮政编码**	100037
订购电话	（010）68995509		
联系版权	zhbq@cicg.org.cn		
网　　址	http://zhcb.cicg.org.cn		
印　　刷	三河市龙大印装有限公司		
经　　销	全国新华书店		
开　　本	920mm×1260mm　1/16	**字　　数**	182 千字
印　　张	14		
版　　次	2025 年 6 月第 1 版　　2025 年 6 月第 1 次印刷		
装　　别	精		
书　　号	ISBN 978-7-5054-5600-6		
定　　价	48.00 元		

"启秀文库"编委会

总 策 划 黄明陆

主　　编 孙宜学
副 主 编 陈曦骏
编　　委（按姓氏笔画排序）

封面题签　赵朴初

总序

　　中国传统文化经典作品是中国智慧的结晶和集中体现，源于中国人的生存智慧、生命智慧，是一代代中国人对天地万物、时序经纬的心灵感悟和提炼总结，已成为人类精神文明的宝贵财富。至今，这些作品仍能释日常生活之惑、解亘古变化之谜，为世界的未来提供中国范式。

　　中国和世界需要既包蕴中国传统文化精髓，又能真实反映新时代中国文化新发展、新概念的中国传统文化经典著作，这样的著作应具备以下特点：

　　1. 兼具知识的广度与理论的深度。能撷取中华优秀传统文化的精华，体现中国人的思维方式和中国文化特质，同时具有内在的理论逻辑，集知识性、系统性、科学性于一体。

　　2. 兼具学术的高度和历史的维度。能讲清楚"何谓'文'""何谓'化'"和"何谓'文化'"，并立足于中国和世界文化发展史，以中国传统文化典籍为历史线索，阐释、勾勒出中国文化发展历史的昨天、今天和明天。引导读者通过中国文化内涵的特殊性和普适性元素了解中国文化如何不断推陈出新，中国智慧如何不断博观约取、吐故纳新。

　　3. 兼具精准的角度和客观的态度。能基于读者的客观诉求、阅读习惯和审美习惯，充分发掘和利用中国的地域、经济和文化特点，全面深入研究中国文化资源，保证经典著作能"贴近不同区域、不同国家、不同群体受众"，更直接有效地"推进中国故事和中国声音的全球化表达、区域化表达、分众化表达"。

4. 兼具多元的维度与开放的幅度。 能基于世界阅读中国的目标，从中外文化互鉴视角，成为世界文化多维度交流互鉴的载体和可持续阐释的源文本。

我们选编这套"启秀文库"，即因此，并为此。中国人阅读这些作品，可以学会更好地生活；外国人阅读这些作品，可以了解和理解中国人的美好生活是一种什么样的历史形态。中外读者共同汲取其中的智慧，可以知道如何建设一个和谐美丽的世界，以及未来的世界会如何美好。

伟大的经典作品，都是为了将日常的生活变得更加美好。在建设"人类命运共同体"的今天，中国文化的精神滋养不应只培育中华民族子孙的天下情怀，还应引导世界人民学会欣赏中国之美、中国之魂、中国之根，在促使世界更深刻理解中国的历史和当代的同时，实现不同民族文化的和谐相处、共生共进。

在中华民族开启向第二个百年奋斗目标进军的新征程之际，中国文化发展也必将进入一个新阶段。这套丛书的时代价值，在于其将"中华文化感召力、中国形象亲和力、中国话语说服力、国际舆论引导力"融入编写、注释和诠释的全过程，从而使传统文化经典作品更能适应新时代，更有能力承载与传播中华文化精髓，向世界讲好中国故事。

孙宜学

2024 年 7 月

于同济大学

冯梦龙出生于明万历二年（1574年），是南直隶苏州府吴县籍长洲（今苏州）人。同当时的许多读书人一样，年轻时他投身经史，但科场蹉跎，屡试不第。一直到五十七岁时，他才被补取为贡生，次年得授丹徒训导。崇祯七年（1634年）升任福建寿宁知县。任职知县期间，他御寇擒贼，重教恤民，移风易俗，兴利除弊，颇有作为。六十五岁时，离任回乡。清顺治三年（1646年），于兵火离乱中去世，终年七十三岁。

除暮年短暂的仕途生涯之外，长期蹉跎不第的冯梦龙主要以课馆教书、著书辑文为生。他广泛涉猎小说、戏曲、民歌、笑话等通俗文学，与同时期的李卓吾、汤显祖、袁宏道等一样，在明末清初这个文学思想极为活跃、佳作频出的时代留下了自己的名字：除著名的"三言"（《喻世明言》《警世通言》《醒世恒言》）外，他还编纂了《新列国志》《三遂平妖传》《智囊》《古今谭概》《太平广记钞》《情史》等诸多解经、纪史、采风、修志之作。

冯梦龙的作品中融入了其对世情的深刻洞察和对人性复杂的理解，以小见大，以古鉴今，通俗生动，深具阅读性和实用性，广受当时士子和市井读者的欢迎。其中，作为冯梦龙长销不衰作品之一的《智囊》，就颇具代表性。

《智囊》一书初成于明天启六年（1626年），当时正值魏忠贤专权时期，统治极度黑暗，但冯梦龙并未回避阉党弊端，其书辑入《周忱》《杨一清》等篇，指斥阉党行止，述说除阉智谋，反映了当时人们的内心期盼，更体现了冯梦龙的胆识与风骨。《智囊》全书旨在"益智"，通过历史上各种成败故事，为世人提供借鉴与启迪。书中各卷首语、文中的边批、各篇之后的评语，均为冯梦龙撰写。其言语或引经据典，或直抒胸臆，往往使读者体味历史故事真意之外，更能举一反三。

为便于广大读者领略这部"智慧宝典"的魅力，我们特从《智囊》上起先秦、下至明代的逾千则故事中撷取一百二十五篇，汇聚全书十部二十八卷的精华内容，并按照原文（以不同字体区分典籍故事和冯梦龙述评）、注释、译文的布局，把将相帝王、贩夫走卒、僧道妇孺等各个阶层大小人物的奇思巧智一一展现，既有古代政治斗争的权谋机变，也有民间智慧的狡黠妙用，全面彰显《智囊》的不拘一格、唯"智"是举。

历史总是循环往复，经过历史"淘洗"的经验就像金子一样持久闪光，《智囊》就是这样的"金子"。希望借由本书，每位读者都能轻松跨越时空，步入冯梦龙精心构建的"黄金屋"之中，感受到阅读的乐趣并有所收获。

目录

智囊叙

张明弼

天地黝黑，谁为照之？日月火也。人事黝黑，谁为照之？智也。天地之智曰日月火，人心之日月火曰智。道德家之言曰："智者，人之干、莫，能杀人，亦能自杀，晁家令其已事也。故古之至人，畏智如畏刃。"吾友犹龙氏曰：此用智者之罪，非智罪也。夫干将、莫邪，圣人以之断物，豪士以之立懂，贼夫以之抉人眼、屠人腹。贼夫手中之干、莫，即圣人手中之干、莫也。神人护身之智，即纤人杀身之智也。复仇者不咎干、莫，则杀身者亦不当咎智矣。是故有智之人，游行世间，如白日、满月、万炬火之下，见重泉，得其水骨，见砂石，达其本际；盛神法五龙，实意法螣蛇，散势法鸷鸟；察人心之理，明变化之朕，而谨司其门户，以筹策万类之终始，罔不给焉。无智之士，如走落日、死月、息炬之下，摘埴索涂，或触其额，或蹶其踵，不戒而堕于深堑，则毕其命而已矣。若者白日失彩，九野欲晦，婴儿盲老汉，稍弄其利刃于尺寸之际，已遭抉鼻灭趾之凶。意者当有神人，观乎阴阳人事之端，合离终始之纪，能因能循，为天地守神乎？其次者，亦揣乎飞箝抵巇之术，而守之以诚然者，是亦黑夜之日月火也。于是犹龙氏作《智囊》，而其友金坛张明弼为之序。

叙

沈 几

庄生推本《道德》之意，以"绝圣弃智"为指归，至其拯援机用，投新硎之刃，导窾游虚，要以《德符》《帝应》仍其世于人间，故曰"莫若以明"，曰"达于理者必明于权"，曰"以恬养智"。由是辅万物之自然而不紊其数，盖苦心济世，非忘世也。犹龙负通方适用之才，侘傺不自得，所阅历世变物情，既殚其繁，乃弇敛旁慧，翕而归之经术；参稽入深，滔滔然识古今来事功作用，为钝儒戈品腐烂太甚，乃取方内方外，九流百家，通变成务，卓绝闪铄之观，心所能会，口所不能言，千古可思，一时不可说，莫不发其要眇，抉其幽隐，使微妙玄通之士，超然娱会于意言之外，破大疑，宅大快，心爽而涎欲流，盖入世用世之概，见于此矣。

宇宙一活局耳，执方引经之徒，胶一实以御百虚，知形而不知情，知理而不知数，知用而不知机，成败得失，介在呼吸，弗能转也，咨嗟愤惜而善其后，不既晚乎！是书也，于以成天下之矞矞，非小补也。虽然，心有所至而神喟然在之，反之于虚，则萧条灭没，犹镜水受形，不设知故，而方圆曲直自生，故足贵耳。而如以为飞箝抵巇、捭阖张翕之资，以内符应外摩，为发伏之钩距，为钓事之甘饵，犹倾囊倒储以随探取，华焉殆矣，庸讵可乎！

夫钓可以教骑，骑可以教御，师马得路，师蚁得水，无成法可摹也。见水浮而知为舟，见飞蓬而知为车，见鸟迹而知著书，类相取也。蛇无足而行，鱼无耳而听，蝉无口而鸣，有然之者矣。此神明之用，淡然者君之。乃知渊积之地，注然平静，寂然清冷。从兹发慧，虽顿挫险怪，离合纵横，莫不行乎冥冥，偶乎深深。苟离其所，纵熠煜之光，辉烛四海，而纯白不备，迷生于俏，神生大惊，昧然而成机械谲诈之用，此其辨不既微矣乎？

风过河也有损，日过河也有损，风与日相守于河，而河以为未始撄者，何也？恃源而往者也。善夫犹龙之为是书，殆非谋报浑混之德者也。什詹何之察，与五尺童子同功。智愚合体，明暗一源。其含结者厚，故可以动，可以静，可以出入而取舍。晁大夫离其囊而构斗焉，以至于兵，致誉咎并集，岂知乾之渊、坤之囊皆阴阳妙用耶！囊之人于无疵，括之深于不测，命编者其有忧患乎？吾将与竟《老》《易》之者矣！

答愁天奏名曰大谷居士沈几题

智囊序

李 渔

人生二十一朝以后，又非三代以降之民矣，智巧幻出，机变横生，其聪明高出古人上，括天下童叟及妇人女子而试之，求一"不识不知，顺帝之则"者，杳不可得。有心当世者方愚之之不暇，奚事辑《智囊》一书开其无可复开之窍？辑之可矣，又奚事分梨别枣，益广其传，俾天下之为童、为叟、为妇人女子者益神明其智巧而不可方物其机变乎？笠翁曰：不然，今世所尚者诈也，非智也。智由性出，诈以习成。诈能庇身而亦能杀身，智能善世，而其利又不止于善世。智不可无，诈不可有。苟非熟读圣经贤传及三代以下二十一朝之载籍，乌知后世之聪明，皆前人之所谓杀身之具哉！所恶于智者，为其凿也，凿则机械变诈所由生也。冯子犹龙之辑是编，事求其备，义取乎该，唯恐失一哲人，漏一慧语，遂不觉网罗太密，组织太工，而流于凿。得朱子起而删之，理收其至当，义律以自然，凡有以察察为明、嗛嗛为知者，即为古人藏拙，宁使智溢于囊，毋使囊竟于智，庶几留余地以厚古人，不使尽露囊底余智，而反为后人所窃笑，计诚得矣！

见李渔《笠翁一家言全集》卷一

智囊自叙

冯梦龙

　　冯子曰：人有智犹地有水，地无水为焦土，人无智为行尸。智用于人，犹水行于地，地势坳则水满之，人事坳则智满之。周览古今成败得失之林，蔑不由此。何以明之？昔者桀、纣愚而汤、武智，六国愚而秦智，楚愚而汉智，隋愚而唐智，宋愚而元智，元愚而圣祖智。举大则细可见，斯《智囊》所为述也。

　　或难之曰：智莫大于舜，而困于顽、嚚，亦莫大于孔，而厄于陈、蔡；西邻之子，六艺娴习，怀璞不售，鹑衣鷇食；东邻之子，纥字未识，坐享素封，仆从盈百，又安在乎愚失而智得？冯子笑曰：子不见夫凿井者乎？冬裸而夏裘，绳以入，畚以出，其平地获泉者，智也，若夫土穷而石见，则变也。有种世衡者，屑石出泉，润及万家。是故愚人见石，智者见泉，变能穷智，智复不穷于变。使智非舜、孔，方且灰于廪，泥于井，俘于陈若蔡，何暇琴于床而弦于野？子且未知圣人之智之妙用，而又何以窥吾囊？

　　或又曰：舜、孔之事则诚然矣。然而"智囊"者，固大夫错所以膏焚于汉市也，子何取焉？冯子曰：不不！错不死于智，死于愚。方其坐而谈兵，人主动色，迨七国事起，乃欲使天子将而己居守，一为不智，谗兴身灭。虽然，错愚于卫身，而智于筹国，故身死数千年，人犹痛之，列于名臣。锐近斗筲之流，卫身偏智，筹国偏愚，以此较彼，谁妍谁媸？且"智囊"之名，子知其一，未知二也。前乎错，有樗里子焉；后乎错，有鲁匡、支谦、杜预、桓范、王俭焉，其在皇明，杨文襄公并擅此号。数君子者，迹不一轨，亦多有成功竖勋、身荣道泰。子舍其利而惩其害，是犹睹一人之溺，而废舟楫之用，夫亦愈不智矣！

或又曰：子之述《智囊》，将令人学智也。智由性生乎，由纸上乎？冯子曰：吾向者固言之：智犹水，然藏于地中者，性；凿而出之者，学。井涧之用，与江河参。吾忧夫人性之锢于土石，而以纸上言为之畚锸，庶于应世有瘳尔。

或又曰：仆闻"取法乎上，仅得乎中"。子之品智，神奸巨猾，或登上乘，鸡鸣狗盗，亦备奇闻，囊且秽矣，何以训世？冯子曰：吾品智，非品人也。不唯其人，唯其事，不唯其事，唯其智。虽奸猾盗贼，谁非吾药笼中硝、戟？吾一以为蛛网，而推之可渔，一以为蚕茧，而推之司室。譬之谷王，众水同舟，岂其择流而受！

或无以难，遂书其语于篇首。冯子名梦龙，字犹龙，东吴之畸人也。

智囊补自叙

冯梦龙

忆丙寅岁，余坐蒋氏三径斋小楼近两月，辑成《智囊》二十七卷。以请教海内之明哲，往往滥蒙嘉许，而嗜痂者遂冀余有续刻。余菰芦中老儒尔，目未睹西山之秘籍，耳未闻海内之僻事，安所得匹此者而续之？顾数年以来，闻见所触，苟邻于智，未尝不存诸胸臆，以此补前辑所未备，庶几其可。虽然，岳忠武有言："运用之妙，在乎一心。"善用之，鸣吠之长可以逃死；不善用之，则马服之书无以救败。故以羊悟马，前刻已厌其繁；执方疗疾，再补尚虞其寡。第余更有说焉。唐太宗喜右军笔意，命书家分临《兰亭》本，各因其质，勿泥形模，而民间片纸只字，乃至搜括无遗。佛法上乘不立文字，四十二章后，增添至五千四十八卷而犹未已。故致用虽贵乎神明，往迹何妨乎多识？兹补或亦海内明哲之所不弃，不止塞嗜痂者之请而已也。书成，值余将赴闽中，而社友德仲氏以送余故同至松陵。德仲先行余《指月》《衡库》诸书，盖嗜痂之尤者。因述是语为叙而畀之。

吴门冯梦龙题于松陵之舟中

上智部　见大卷一

一操一纵，度越意表。
寻常所惊，豪杰所了。
集《见大》。

太公　孔子

太公望①封于齐。齐有华士者，义不臣天子，不友诸侯。人称其贤。太公使人召之三，不至；命诛之。周公②曰："此人齐之高士，奈何诛之？"太公曰："夫不臣天子，不友诸侯，望犹得臣而友之乎？望不得臣而友之，是弃民③也；召之三不至，是逆民也。而旌之以为教首，使一国效之，望谁与为君乎？"

齐所以无惰民，所以终不为弱国。韩非④《五蠹》⑤之论本此。

注释

①太公望：即吕尚，其帮助周武王灭商，后被封于齐，为齐国始祖，所以称太公。其姓为姜，故又称姜太公。②周公：姓姬

名旦，周武王之弟。周武王去世后，周公辅佐周成王，是被儒家尊奉的"圣人"之一。③弃民：没有教育改变的价值，需要被抛弃的子民。④韩非：战国末期的思想家，著有《韩非子》。⑤《五蠹》：《韩非子》中的名篇。

译文

太公望受封于齐，齐国有一个名叫华士的人，他以不臣服于天子，不与诸侯交好为立身宗旨。人们都说他是个贤明的人。太公望三次派人去召见他，他都不应召；太公望就下令诛杀了他。周公说："他是齐国的人才，怎么就杀了呢？"太公望说："他不臣服于天子，不与诸侯交好，我还能使他臣服并与之结交吗？不能臣服、结交的人，就是需要被抛弃的子民；召见三次而不应召的，就是叛逆之民。如果表彰他并且让他成为教化民众的榜样，让一国的人都仿效他，那我还能当谁的国君呢？

这就是齐国没有懒惰子民，始终不是弱国的原因。韩非《五蠹》中所论述的就是这个道理。

少正卯①与孔子同时。孔子之门人三盈三虚②。孔子为大司寇③，戮之于两观之下。子贡进曰："夫少正卯，鲁之闻人④。夫子诛之，得无失乎？"孔子曰："人有恶者五，而盗窃不与焉。一曰心达而险，二曰行僻而坚，三曰言伪而辩，四曰记丑而博，五曰顺非而泽。此五者有一于此，则不免于君子之诛，而少正卯兼之。此小人之桀雄也，不可以不诛也！"

小人无过人之才，则不足以乱国。然使小人有才，而肯受君子之驾驭，则又未尝无济于国，而君子亦必不概摈之矣。少正卯能煽惑孔门之弟子，直欲掩孔子而上之，可与同朝共事乎？孔子下狠手，不但为一时辩言乱政故，盖为后世以学术杀人者立防。

注释

①少正卯：春秋末期鲁国学者，观点与孔子对立。少正为复姓，也有说是官名。②三盈三虚：是说孔子几次讲课满堂，但随后这些人都被少正卯吸引走。三，概数。③大司寇：官职名，掌管刑狱。④闻人：广为人知的人，指有名望的人。

译文

少正卯是与孔子同时代的人。孔子几次讲课聚集的门徒都被少正卯吸引走。孔子作为鲁国大司寇，在宫门之前对其执行了死刑。子贡向孔子进言说："那少正卯，是鲁国有名望的人，老师您诛杀他，会不会被认为有过失啊？"孔子说：人有五种罪，而盗窃还不算在内。第一是心思通达但阴险，第二是行为乖僻又固执，第三是言辞不正又善于狡辩，第四是记录丑恶之事且非常广博，第五是顺应错误的言行且帮助其润饰。这五种行为中占一种，就不能免于被君子诛杀。而少正卯同时具备这几点，这是小人中的枭雄，不能不诛杀。

小人没有超越一般人的才能，就不足以祸乱国家。然而假使小人有才能，并且能够被君子驾驭，那对国家来说也不是全无用处，君子也不必一概摈弃他们。少正卯能煽动、迷惑孔门的弟子，而且几乎要完全压制孔子、居于其上，那还能和他同朝共事吗？孔子下狠手处置他，不仅是因为他一时的能言善辩祸乱国政，也是为后世诛杀以学术乱国的人树立标杆。

华士虚名而无用，少正卯似大有用，而实不可用。壬人佥士①，凡明主能诛之。闻人高士，非大圣人不知其当诛也。唐萧瑶好奉佛，太宗令出家。玄宗开元六年，河南参军郑铣、朱阳丞郭仙舟投匦②献诗。敕曰："观其文理，乃崇道教，于时用不切事情。宜各从所好，罢官度为道士。"此等作用，亦与圣人暗合。如使佞佛③者尽令出家，谄道者即为道士，则士大夫攻乎异端者息矣。

注释

① 壬人佥士：奸佞之人。② 匦：唐朝设立于朝堂之上，用于接收状纸、进献诗词的方匣子。③ 佞佛：痴迷佛教。

译文

华士仅有虚名，实际没有什么用处，少正卯看似有大用处，实际上不可用。奸佞之人，只要是贤明的君主就会诛杀他们。对于那些看上去有名望的高人，如果不是有大成就的圣贤，则很难识别他们并且知道他们是应该诛杀的。唐朝萧瑶喜好供奉佛陀，于是太宗就让其出家。唐玄宗开元六年，河南参军郑铣、朱阳丞郭仙舟把诗文投到朝堂上的匣子里献给唐玄宗。唐玄宗批复他们的诗作说："看诗的内容，你们是在推崇道教，这对当前来说没什么实际用处。还是遵从你们各自的喜好，免去官职，去当道士吧。"这种做法，与圣人的行事风格暗暗相合。假如让痴迷佛教的人都出家，让崇奉道教的人都去当道士，那么士大夫攻击异端学说的事情也就平息了。

诸葛亮

有言诸葛丞相惜赦①者。亮答曰："治世以大德，不以小惠。故匡衡②、吴汉③不愿为赦。先帝亦言：'吾周旋陈元方④、郑康成⑤间，每见启告，治乱之道悉矣，曾不及赦也。'若刘景升父子⑥岁岁赦宥，何益于治乎？"及费祎⑦为政，始事姑息，蜀遂以削。

子产⑧谓子太叔⑨曰："唯有德者，能以宽服民。其次莫如猛。夫火烈，民望而畏之，故鲜死焉。水懦弱，民狎而玩之，则多死焉。故宽难。"太叔为政，不忍猛而宽。于是郑国多盗，太叔悔之。仲尼曰："政宽则民慢，慢则纠之以猛。猛则民残，残则施之以宽。宽以济猛，猛以济宽，政是以和。"商君刑及弃灰，过于猛者也。梁武见死刑辄涕泣而纵之，过于宽者也。《论语》"赦小过"，《春秋》讥"肆大眚⑩"。合之，得政之和矣。

注释

①赦：赦免令。②匡衡：西汉大儒，曾上书说："大赦之后，奸邪不为衰止。今日大赦，明日犯法，相随入狱。"③吴汉：东汉开国名将，字子颜，官至大司马，"云台二十八将"之一。其临终时，光武帝问还有什么话，其言："唯愿陛下慎无赦而已。"④陈元方：陈纪，字元方，东汉名士陈寔之子，也是当时一方名士。⑤郑康成：郑玄，字康成，东汉末年著名学者。⑥刘景升父子：刘表父子。刘表，字景升，东汉末年曾割据一方。⑦费祎：于诸葛亮去世后继任为蜀国军师。⑧子产：公孙侨，字子产，郑国执政，得孔子推崇。⑨子太叔：游吉，字太叔，又称"世叔"，当时郑国正卿，继子产之后执政。⑩眚：过失。

译文

有人说诸葛亮不轻易发布赦免令。诸葛亮回答说："应该以大的德政治理国家，而不是以小的恩惠治理国家。所以匡衡、吴汉不愿发布赦免令。先帝（刘备）也曾说过：'我曾跟从陈元方、郑康成学习，经常从他们言行中得到启发，完全明白治乱兴衰的道理，他们从没谈及赦免令的事。'又比如刘景升父子，年年发布赦免令，宽宥罪行，对治理国家有什么好处吗？等到费祎当政，蜀国开始施行姑息之策，国力便日渐衰弱了。

子产对子太叔说："只有仁德的人，才能用宽容来使民信服。次之的方法，就是施行严政。就像烈火，人们看了就害怕，因此就少有人死伤。水看上去很柔弱，人们喜欢接近水去玩乐，结果很多人被淹死。所以用宽容的态度治国很难。"太叔当政，不忍用严厉的方法，而是用宽容的方法。于是郑国多盗匪，太叔感到后悔。孔子说："施政宽容，民众就容易轻慢，于是要用严厉的施政方法来纠正民众的轻慢。施政严厉则百姓被摧残，百姓被摧残则又施行宽政。用宽政来调和严政，用严政来补充宽政，这样就可以达到国家安定、人民安宁的状态。"商鞅对于把灰倒在大街上的人也处以刑罚，这样就太过严苛了。梁武帝看见执行死刑，就流着泪释放罪徒，这是过于宽纵了。《论语》说"宽赦小过错"，《春秋》讥讽"放纵大过失"。二者调和，就可以达到理想的施政状态了。

使马圉

孔子行游，马逸①食稼。野人②怒，絷其马。子贡往说之，毕词而不得。孔子曰："夫以人之所不能听说人，譬以太牢③享野兽，以九韶④乐飞鸟也。"乃使马圉往谓野人曰："子不耕于东海，予不游西海也，吾马安得不犯子之稼？"野人大喜，解马而予之。

人各以类相通。述《诗》《书》于野人之前，此腐儒之所以误国也。马圉之说诚善，假使出子贡之口，野人仍不从。何则？文质貌殊，其神固已离矣。然则孔子曷不即遣马圉，而听子贡之往耶？先遣马圉，则子贡之心不服。既屈子贡，而马圉之神始至。圣人达人之情，故能尽人之用。后世以文法⑤束人，以资格限人，又以兼长望人，天下事岂有济乎？

注释

①逸：挣脱缰绳跑了。②野人：古时候城墙四周之外为野，在野居住、务农的人称野人。③太牢：古时候重要的祭祀用牛、羊、猪三牲为祭品，此三牲称为太牢。④九韶：传说虞舜时的雅乐，此指典雅的乐曲。⑤文法：条文、法律。

译文

孔子出游时，马挣脱了缰绳跑去吃庄稼。在郊外务农的农人很生气，把马拴了起来。子贡前往交涉，把能说的话都说尽了，也没有说服农人。孔子说："用别人听不懂的话去说服人，就像是用太牢犒劳野兽，用九韶取悦飞鸟。"于是孔子让马夫前去，马夫对农人说："你不是在东海之滨耕种，我也不是在西海之滨出游（注：马夫的意思是我们并不是一东一西天各一方，而是都生活在这一块土地上），那我的马怎么能不吃你的庄稼呢？"农人听了觉得有道理，就解开马缰绳把马还给了马夫。

人因类似的性情、经历相互沟通认同。在农人面前谈论《诗》《书》，这是腐朽的读书人耽误国家大事的原因。马夫的话确实有道理，但如果从子贡口中说出来，农人仍然不会接受。为什么呢？因为子贡和马夫的文化修养、气质、相貌不同，同样的话从他们嘴里说出来自然也有不同的精神气质。然而为什么孔子没有一开始就让马夫去，而是看着子贡前往而不阻止呢？先让马夫去，子贡心中必定不服气。子贡失败了，再让马夫去，就会显出马夫的厉害。圣人能够体察人情，所以能发挥每个人的才干。后世常以规矩来约束人，用资格来限定人，但又希望别人展现长处，天下的事哪能得到解决呢？

选押伴使

"三徐①"名著江左②，皆以博洽闻中朝，而骑省铉③尤最。会江左使铉来修贡，例差官押伴。朝臣皆以词令不及为惮。宰相亦艰其选，请于艺祖④。艺祖曰："姑退，朕自择之。"有顷，左珰⑤传宣殿前司，具殿侍中不识字者十人以名入。宸笔点其一，曰："此人可。"在廷皆惊，中书不敢复请，趣使行。殿侍者莫知所以，弗获己，竟往。渡江，始铉词锋如云，旁观骇愕。其人不能答，徒唯唯。铉不测，强聒而与之言。居数日，既无酬复，铉亦倦且默矣。

岳珂⑥云：当陶、窦诸名儒端委在朝，若令角辩骋词，庸讵不若铉？艺祖正以大国之体，不当如此耳。其亦"不战屈人，兵之上策"欤？

孔子之使马圉，以愚应愚也。艺祖之遣殿侍者，以愚困智也。

以智强愚，愚者不解；以智角智，智者不服。

白沙陈公甫⑦访定山庄孔旸。庄携舟送之。中有一士人，素滑稽，肆谈亵昵，甚无忌惮。定山怒不能忍。白沙则当其谈时，若不闻其声；及其既去，若不识其人。定山大服。此即艺祖屈徐铉之术。

注释

①三徐：徐延休、徐铉、徐锴父子三人。②江左：即江东，为南唐属地。③铉：徐铉，字鼎臣，原为南唐臣子，随后主李煜归顺宋太祖，官位升至散骑常侍。④艺祖：有文德才艺之祖，即赵匡胤。⑤左珰：负责礼仪的宦官。宋朝称礼部为左省。珰，指宦官，太监。⑥岳珂：岳飞之孙。⑦陈公甫：明代儒学大家。

译文

三徐在江左十分著名，都以学识渊博闻名于宋室朝廷，其中以骑省徐铉的名声最大。当时恰好江左派徐铉来朝贡，依惯例宋朝要派出官员作为押伴使随行。朝中的大臣都忌惮徐铉的口才，宰相也觉得很难选择，就去请示宋太祖赵匡胤。赵匡胤说："你们暂且退下，我自有人选。"不久，负责礼仪的宦官传令给掌管殿前禁军的殿前司，说皇帝让列出十个不识字禁军的名单送到宫里。皇帝用笔点了其中一个人的名字，说："这个人可以。"朝中的大臣们都很惊讶，但中书省的大人不敢再询问皇帝，于是就让那名侍卫赶紧出发。殿前侍卫不明白原因，不得已，就前去见徐铉了。过了江，徐铉开始言辞犀利地说个不停，旁观的人听了都觉得惊骇。侍卫听了回答不上来，只能一味附和。徐铉没有预料到这样，强行继续与之谈个不停。一起相处了好几天，侍卫也没有什么应答之语，徐铉累了便沉默了。

岳珂说："当时陶谷、窦仪等有名的学者都在朝为官，如果派他们去和徐铉辩论，难道他们会不如徐铉吗？"实际上是因为宋太祖顾念大国风度，认为不应该那样做。这不就是"一种不通过战争就战胜对方的兵家上策"吗？

孔子派马夫去与农人交涉，是以愚笨应付愚笨。太祖派遣殿前侍卫当押伴使，是以愚笨困住才智。以智者的想法强加于愚者，愚者不会明白；智者之间进行比拼，智者不能服气。

白沙陈公甫去拜访定山庄孔旸，庄孔旸随船送他。随船的人中有一个读书人，向来爱开玩笑，随意谈论调侃，没有什么顾忌。庄孔旸听了十分生气，几乎不能忍耐。陈公甫则在其谈论时，就像没有听到那人的声音；等到对方离去，就像不认识他一样。庄孔旸对陈公甫的态度大为佩服。这就是宋太祖应对徐铉的方法。

燕昭王

燕昭王问为国①。郭隗曰："帝者之臣，师也；王者之臣，友也；伯②者之臣，宾也；危国之臣，帅也。唯王所择。"燕王曰："寡人愿学而无师。"郭隗曰："王诚欲兴道，隗请为天下士开路。"于是燕王为隗改筑宫③，北面事之。不三年，苏子自周往，邹衍自齐往，乐毅自赵往，屈景自楚归。

郭隗明于致士之术，便有休休大臣气象，不愧为人主师。

汉高封雍齿而功臣息喙，先主礼许靖而蜀士归心。皆予之以名，收之以实。

①为国：治国之道。②伯：通"霸"。③宫：古代称居住的屋子为"宫"，起初并不特指皇帝居住的宫殿。

燕昭王向大臣郭隗询问治国之道。郭隗说："如三皇五帝那样成就的君王，把臣子当老师一样看待；有德行的君主，对待大臣像是对待朋友；能成为一方霸主的君王，对待臣子就像对待宾客；国家处于危险之中的君王，对待大臣就像对待听任驱使的部属。燕昭王说："寡人愿意学习，可惜没有老师。"郭隗说："大王真的想让国家兴盛，我愿意为天下的有识之士铺平道路。"于是燕昭王为郭隗修建了新的房屋，如对待老师一般对待他。不几年，苏代从齐国来投奔了，乐毅从赵国来投奔了，屈景从楚国来归附了。

郭隗深刻懂得招募贤能之士的方法，自然展现出宽宏的大臣风度，不愧为君王的老师。

汉高祖刘邦封曾经得罪过他的雍齿为侯，立刻让暂时还没有来得及受封的功臣们停止了议论。刘备对许靖以礼相待，蜀国的人们都心服并归附了。这些都是给出名誉、收到实际好处的例子。

蔺相如

赵王归自渑池，以蔺相如功大，拜为上卿，位在廉颇之右①。廉颇自侈战功，而相如徒以口舌之劳位居其上："我见相如必辱之！"相如闻，不肯与会；每朝，常称病，不欲与颇争列。已而相如出，望见廉颇，辄引车避匿。于是舍人②相与谏相如，欲辞去。相如固止之曰："公之视廉颇孰与秦王？"曰："不若也。"相如曰："夫以秦王之威，而相如廷叱之，辱其群臣；相如虽驽③，独畏廉将军哉！顾吾念之：强秦之所以不敢加兵于赵者，徒以吾两人在也。今两虎共斗，势不俱生，吾所以为此者，先国家之急而后私仇也。"颇闻之，肉袒负荆④，因宾客至相如门谢罪，遂为刎颈之交。

注释

①右：秦汉之前以右边的位置为尊。②舍人：门客。③驽：才能低下，此为自谦。④负荆：背负荆条。

译文

赵惠文王从渑池回来后，因为蔺相如功劳大，就拜他为上卿，地位在廉颇之上。廉颇以自己战功卓著为傲，得知蔺相如因为说了几句话位居自己之上，就说："我遇见蔺相如，一定要羞辱他。"蔺相如听说后，就不与廉颇见面；每当朝会的日子，他常常称自己有病不能上朝，不想与廉颇争位置。有一次蔺相如出行，远远看见廉颇，就让车子绕道避开他。于是门客陆续来见蔺相如，想要辞去。蔺相如坚定地阻止他们，说："你们看廉颇有秦王厉害吗？"门客答："廉颇不如秦王厉害。"蔺相如说："以秦王的威势，我敢当众斥责他，羞辱他的大臣；我虽然才能低下，难道唯独畏惧廉颇将军吗？这是因为我考虑到：强大的秦国不敢出兵赵国，就是因为我们两个人啊。如今要是我们两虎相斗，两个人势必不能共存，我之所以这样做，是把国家的利益放在前面，后考虑自己的私人仇怨。"廉颇听说了这些话，袒露上身，背着荆条，让宾客领着到蔺相如家中谢罪，于是两个人成为可以互相交付生命的好朋友。

冯　煖

　　孟尝君问门下诸客谁习计会，能为收责①于薛②者？冯煖署曰"能"。于是约车治装，载券契而行，辞曰："责毕收，以何市③而反？"孟尝君曰："视吾家所寡有者。"煖至薛，召诸民当偿者悉来，既合券，矫令以责赐诸民，悉焚其券。民称"万岁"。长驱至齐④，孟尝君怪其疾也，衣冠而见之，曰："责毕收乎？"曰："收毕矣。""以何市而反？"煖曰："君云视吾家所寡有者，臣窃计君宫中积珍宝，狗马实外厩，美人充下陈，君家所寡有者，义耳！窃以为君市义。"〔边批：奇！〕孟尝君曰："市义奈何？"曰："今君有区区之薛，不拊爱其民，因而贾利之，臣窃矫君命以责赐诸民，因焚其券，民称万岁：乃臣所以为君市义也！"孟尝君不悦，曰："先生休矣！"后期年，齐王⑤疑孟尝，使就国⑥。未至薛百里，民扶老携幼争趋迎于道。孟尝君谓煖曰："先生所为文市义者，乃今日见之。"

　　煖使齐复相田文，及立宗庙于薛，皆纵横家熟套，唯"市义"一节高出千古，非战国策士所及。保国保家者，皆当取法。

注释

　　①责：同"债"。②薛：孟尝君的封地。③市：买。④齐：齐国首都临淄。⑤齐王：齐湣王。⑥就国：前往封国。

译文

　　孟尝君问门客们，谁善于计算账目，能帮他去薛地收债。冯煖签名应征说他能。于是冯煖准备好车辆，整理行装，带着债券和文契出发了。跟孟尝君告辞的时候，冯煖说："债都收完之后，买什么回来呢？"孟尝君答："看我家什么东西少，就买什么吧。"冯煖到了薛地，把该还债的人都召集起来，核对债券之后，假托孟尝君的命令，称给大家一个关于债的恩赐，然后把所有债券都烧掉了。所有人都喊"万岁"。冯煖驾车一路奔波直接回到了齐国临淄，孟尝君奇怪他怎么这么快就回来了，于是穿戴好服饰出来见冯煖，说："债都收完了吗？"冯煖说："都收完了。"孟尝君问："买了什么回来？"冯煖说："您说看看家中什么东西少就买什么，我私下想您家中堆满了珠宝，狗和马填满了外面的马厩，堂上有很多美人，您家中缺少的东西，只有义了。于是我为您买了义。"［边批：奇！］孟尝君问："怎么买义呢？"冯煖答："现在您的封地只有薛这么小的地方，但却不爱惜那里的人民，反而向他们发放贷款获利。我私自假托您的命令免除了他们的债，就烧了那些债券，大家都高兴欢呼，这就是我为您买的义。"孟尝君听了，很不高兴，说："你休息去吧。"一年后，齐王不信任孟尝君了，就让他回到自己的封地去。孟尝君距离薛地还有一百多里地的时候，就有薛地的人扶老携幼来迎接他了。孟尝君对冯煖说："先生为我所买的义，我今天看到了。"

　　冯煖献策让田文再次被齐王任命为相，并在薛设立宗庙，都是当时纵横家常用的套路。只有买义这件事，在千百年里都是出类拔萃的，不是一般谋士能比的。要想国家长存、家族长存的，应该从这件事里汲取经验。

上智部　远犹卷二

谋之不远，是用大简。
人我迭居，吉凶环转。
老成借筹，宁深毋浅。
集《远犹》。

李　泌

　　肃宗^①子建宁王倓^②性英果，有才略。从上自马嵬北行，兵众寡弱，屡逢寇盗，倓自选骁勇居上前后，血战以卫上。上或过时未食，倓悲泣不自胜，军中皆属目向之；上欲以倓为天下兵马元帅，使统诸将东征。李泌^③曰："建宁诚元帅才。然广平，兄也，若建宁功成，岂使广平为吴太伯^④乎？"上曰："广平，冢嗣也，何必以元帅为重？"泌曰："广平未正位东宫，今天下艰难，众心所属，在于元帅，若建宁大功既成，陛下虽欲不以为储副，同立功者其肯已乎？太宗、太上皇即其事也^⑤。"上乃以广平王俶为天下兵马元帅，诸将皆以属焉。倓闻之，谢泌曰："此固倓之心也。"

注释

①肃宗：李亨，唐玄宗第三子。公元756年到762年在位。
②建宁王倓：李倓，唐肃宗第三子。③李泌：字长源，唐代世家子，幼时即有才名。协助唐肃宗平定安史之乱，以宾友参谋政事。④吴太伯：周太王长子。他知道父亲喜爱弟弟季历的儿子昌，也就是后来的周文王，就和弟弟仲雍迁居江东，建立吴国。⑤太宗、太上皇即其事也：唐朝建立时，李世民功高，后发动玄武门之变，杀太子李建成，登上皇帝位。唐玄宗李隆基，也是起兵政变，尊父亲为皇帝，即唐睿宗。后唐睿宗为太上皇，让位于李隆基。

译文

唐肃宗的儿子建宁王李倓性格英明果决，有才华有胆略。他跟随唐肃宗从马嵬驿向北行来，因为兵丁人数少而且弱，多次遭遇盗匪，李倓就自己挑选骁勇的士兵在唐肃宗前后护卫，浴血作战以保卫唐肃宗。有时候唐肃宗没能及时吃上食物，李倓都会忍不住悲伤落泪。军中上下都很拥护他，因此唐肃宗想任命李倓为天下兵马元帅，带领诸将东征。李泌说："建宁王确实有元帅的才干；然而广平王是哥哥，如果建宁王立下战功，难道让广平王成为吴太伯吗？"肃宗说："广平王是嫡长子，当不当元帅有这么重要吗？"李泌说："广平王尚未被正式立为太子。现在国家艰难，大家的希望都寄托在元帅身上。如果建宁王立了大功。即使陛下不想立他为太子，跟他一起立功的人难道会同意吗？太宗、太上皇当初就是这样啊。唐肃宗于是任命广平王李俶为天下兵马元帅，诸位将领都在他的带领之下。李倓听说了这件事后，感谢李泌说："这本来也是我的心愿。"

处继迁母

李继迁^①扰西鄙。保安军^②奏获其母，太宗欲诛之，以寇准居枢密，独召与谋。准退，过相幕，吕端^③谓准曰："上戒君勿言于端乎？"准曰："否。"告之故。端曰："何以处之？"准曰："欲斩于保安军北门外，以戒凶逆。"端曰："必若此，非计之得也。"即入奏曰："昔项羽欲烹太公，高祖愿分一杯羹。夫举大事不顾其亲，况继迁悖逆之人乎？陛下今日杀之，明日继迁可擒乎？若其不然，徒结怨，益坚其叛耳。"太宗曰："然则如何？"端曰："以臣之愚，宜置于延州^④，使善视之，以招来继迁。即不即降，终可以系其心，而母生死之命在我矣。"太宗拊髀称善，曰："微卿，几误我事！"其后母终于延州。继迁死，子竟纳款。

具是依，则为俺答之款；具是违，则为奴囚^⑤之叛。

注释

①李继迁：西夏国主。②保安军：宋朝军州名，在今陕西榆林附近。③吕端：宋太宗时任职户部侍郎、平章事。④延州：距离保安军驻地较近，即今陕西延安。⑤奴囚：明朝在东北设奴儿干都司。囚，通"酋"，指女真首领努尔哈赤。

译文

宋朝时李继迁骚扰西方边境。保安军上奏宋太宗说，抓到了李继迁的母亲。宋太宗想杀她。当时寇准正在枢密院，太宗单独召见他，商量这件事。寇准退出来后，经过宰相办公的房间，吕端问他说："刚才的事，皇上说不能对我说吗？"寇准说："并没有。"于是寇准就把这件事告诉了吕端。吕端问:"打算怎么处置她?"寇准说:"想在保安军北门外斩了她,以惩戒凶悍的叛逆之徒。"吕端说:"如果一定要这么办,那不是一个好办法。"随后吕端入宫上奏说:"从前项羽想煮了汉高祖的父亲刘太公,汉高祖说把汤分给他一碗!那些做大事的人不会顾念亲属,更何况李继迁这种违背正道的人。您今天杀了他的母亲,明日就可以抓到李继迁吗?如果不能,不过是白白结下仇怨,让他叛逆的心更坚定了。"太宗说:"那么,该怎么办呢?"吕端说:"依臣的愚见,应把她安置在延州,让人好好照看她,用以吸引李继迁前来。即使他不投降,也可以让他始终心有牵挂。他的母亲生或者死,都掌控在我们手里。"太宗拍着大腿说:"没有爱卿你,差点误了我的大事。"之后,李继迁的母亲便在延州终老了。李继迁死后,他的儿子最终归顺了。

都依从这样,明朝就有了俺答的纳款进贡;都违背这样,就有奴儿干都司女真首领努尔哈赤的叛乱。

地　图

熙宁中,高丽入贡,所经郡县悉要地图,所至皆造送。至扬州,牒取地图。是时陈秀公①守扬。给使者欲尽见两浙所供图,仿其规制供之。及图至,都聚而焚之,具以事闻。

宋初,遣卢多逊使李国主②。还,舣舟宣化口,使人白国主曰:"朝廷重修天下图经,史馆独缺江东诸州。愿各求一本以归。"国主急令缮写送之。于是尽得其十九州形势、屯戍远近、户口多寡以归，朝廷始有用兵之意。秀公此举，盖惩前事云。

注释

①陈秀公：陈升之，宋仁宗时任职知谏院、枢密副使。宋神宗时，封秀国公。②李国主：南唐皇帝。

译文

宋神宗熙宁年间，高丽国遣使者前来纳贡，使者向经过的郡县都索要了地图，当地官员都制作了地图送给高丽使者。使者到了扬州，也拿出公文说要获取地图。当时陈秀公镇守扬州。陈秀公欺骗使者，说要参考他所获得的全部两浙地图，要仿照这些地图来制图送给他们。等地图送到了，陈秀公把地图聚集起来全都烧了，然后把这件事详细地上报了朝廷。

宋朝初年，朝廷派遣卢多逊出使南唐，拜访李氏国主。要回来时，船停在宣化口，卢多逊派人去跟南唐李氏国主说："我们要重修天下图经，历史资料馆里唯独缺少江东的这几个州的地图。希望求取每州的地图一份，带回去。"南唐国主急忙命人抄了一份地图送过去。于是卢多逊完全获知了南唐十九州的地理形势、驻兵远近、人口多少，带回去后，朝廷才开始有向南唐出兵的意思。陈秀公的举动，也是防止出现前面那样的事。

孔　子

鲁国之法：鲁人为人臣妾于诸侯，有能赎之者，取金于府。子贡赎鲁人于诸侯而让其金。孔子曰："赐①失之矣。夫圣人之举事，可以移风易俗，而教导可施于百姓，非独适己之行也。今鲁国富者寡而贫者多。取其金则无损于行，不取其金，则不复赎人矣。"子路②拯溺者，其人拜之以牛，子路受之。孔子喜曰："鲁人必多拯溺者矣！"

袁了凡③曰："自俗眼观之，子贡之不受金似优于子路之受牛。孔子则取由而黜赐，乃知人之为善，不论现行论流弊，不论一时论永久，不论一身论天下。"

注释

①赐：端木赐，名赐，字子贡，孔子的弟子。②子路：仲由，字子路，也是孔子的弟子。③袁了凡：袁黄，字了凡，明朝万历年间中进士，曾担任知县、兵部主事等职，有多种著作传世。

译文

鲁国的法令是这样的：鲁国人成了其他诸侯国的奴仆，如果有能将他们赎回的人，可以去官府拿赏钱。子贡从诸侯那里赎回一个鲁国人，却不拿官府给的赏金。孔子说："赐的做法不对。圣人制定政策，是为了实现移风易俗的目的，并且其内涵能切实被百姓接受，并不是只为了适应自己的行事习惯。现在鲁国富人少穷人多。去拿赏金对你的德行没有损失，不去拿赏金，就不会再有人愿意赎人了！"子路救了一个溺水的人，那个人送他一头牛感谢他，子路收下了牛。孔子高兴地说："以后鲁国愿意救溺水者的人一定会更多了！"

袁了凡说："用我们世俗的眼光看，子贡不拿赏金比子路接受牛更好。但是孔子认可子路，不认可子贡，才知道人们做好事，不能仅考虑当时的效果，而应该考虑产生的流弊，不能仅考虑眼前的好处，应该考虑长远的影响，想事情不能仅从自己出发，而是要考虑天下人。

屏姬侍

郭令公①每见客，姬侍满前。乃闻卢杞②至，悉屏去。诸子不解。公曰："杞貌陋，妇女见之，未必不笑。他日杞得志，我属无噍类矣③！"

齐顷以妇人笑客，几至亡国。令公防微之虑远矣！

王勉夫④云："《宁成传》末载，周阳由⑤为郡守，汲黯⑥、司马安⑦俱在二千石列，未尝敢均茵。司马安不足言也，汲长孺与大将军亢礼⑧，长揖丞相，面折九卿，矫矫风力，不肯为人下，至为周阳由所抑，何哉？周盖无赖小人，其居二千石列，肆为骄暴，凌轹同事，若无人焉。汲盖远之，非畏之也。异时河东太守胜屠公不堪其侵权，遂与之角，卒并就戮，玉石俱碎，可胜叹恨！士大夫不幸而与此辈同官，逊而避之，不失为厚，何苦与之较而自取辱哉！"

注释

①郭令公：唐朝大将郭子仪，官至太尉、中书令，因此可称"令公"。②卢杞：有才华，善词辩，但貌丑，受唐德宗赏识，担任门下侍郎、同中书门下平章事等职，后被贬为新州司马。③无噍类矣：没有会吃东西的人了。指会被卢杞灭门，家中没有活着的人。④王勉夫：王楙，字勉夫，南宋人，著有《野客丛书》。本文即引自其书。⑤周阳由：汉武帝时酷吏，复姓周阳，名由。

⑥汲黯：汉景帝时太子洗马，以敢于进谏著称，连皇帝也有些怕他。汉武帝时任主爵都尉。⑦司马安：汲黯的外甥，曾与汲黯同为太子洗马。⑧亢礼：抗礼，以同等礼节相待，亢同"抗"。

译文

　　唐朝名将郭子仪每次见客人，身旁都站满了姬妾。听说卢杞要来的时候，他就让姬妾们全退下去了。他的儿子们想不明白原因，郭子仪说："卢杞相貌丑陋，妇人见了有可能会笑他。将来卢杞如果当了大官，我们家恐怕就没有活着的人了。"

　　齐顷公因为妇女嘲笑客人，几乎亡国。郭子仪在未发生的坏事上做好防备，考虑得很长远啊。

　　王勉夫说，《宁成传》篇末记载说，周阳由做郡守时，汲黯、司马安都是位居二千石行列的官，但他们不敢和周阳由一起坐褥垫。司马安就不说了，汲黯和大将军分庭抗礼，对宰相只行长揖之礼，敢当面指责公卿的错处，其刚直不阿超出一般人，但是却被周阳由压制。为什么呢？因为周阳由是无赖小人，他官居二千石官员行列，骄横肆意，欺辱同僚，旁若无人。汲黯是要远离他，而不是怕他。后来河东太守胜屠公受不了周阳由的欺凌，和他争斗，两人都判了死刑，两败俱伤，让人叹息遗憾。如果士大夫不幸和这种人一起做官，谦逊地避开他，不失为上策，何必与其计较而自取其辱呢？

阿 豺

　　吐谷浑①阿豺②疾，有子二十人，召母弟慕利延曰："汝取一只箭折之。"慕利延折之。又曰："汝取十九箭折之。"慕利延不能折。阿豺曰："汝曹知乎？单者易折，众者难摧，戮力同心，然后社稷可固。"

周大封同姓，枝叶扶疏，相依至久。六朝猜忌，庇焉寻斧③，覆亡相继。不谓北狄中乃有如此晓人！

①吐谷（yù）浑：古代鲜卑族首领慕容吐谷浑与兄弟不睦，率部迁徙到西北地区建立政权，以吐谷浑为国名。②阿豺：吐谷浑第九代国王。③庇焉寻斧：靠枝叶来庇护根，却又用斧子砍伐它。语出《左传》"庇焉而纵寻斧焉"。

吐谷浑国王阿豺有二十个儿子，当他病重时召见同母所生的弟弟慕利延说："你拿一支箭来，然后折断它。"慕利延拿来箭并把箭折断了。阿豺又说："你再拿十九支箭来，把它们折断。"慕利延无法折断十九支箭。阿豺说："你们知道吗？折断一支箭很容易，很多箭在一起就很难折断，你们同心协力，那么国家就稳固了。"

周朝大肆分封同姓诸侯，同族人众多，就像枝叶那样互相支撑，因此国家统治长久。六朝（吴、东晋、宋、齐、梁、陈）多猜忌，互相攻击、消耗，相继灭亡。没想到北狄中还有这样明智的人！

━ 上智部 通简卷三 ━

世本无事，庸人自扰。

唯通则简，冰消日皎。

集《通简》。

曹 参

曹参①被召，将行，属其后相，以齐狱市为寄。后相曰："治无大此者乎？"参曰："狱市所以并容也，今扰之，奸人何所容乎？"参既入相，一遵何约束，唯日夜饮醇酒，无所事事。宾客来者皆欲有言，至，则参辄饮以醇酒；间有言，又饮之，醉而后已，终莫能开说。惠帝②怪参不治事，嘱其子中大夫窋私以意叩之。窋以休沐归，谏参。参怒，笞之二百。帝让参曰："与窋何治乎？乃者吾使谏君耳。"参免冠谢曰："陛下自察圣武孰与高帝？"上曰："朕安敢望先帝？"又曰："视臣能孰与萧何？"帝曰："君似不及也。"参曰："陛下言是也。高帝与何定天下，法令既明，今陛下垂拱③，参等守职，遵而勿失，不亦可乎！"帝曰："君休矣。"

不是覆短，适以见长。

注释

　①曹参：字敬伯，泗水郡沛县人。西汉开国功臣、军事家、政治家，曾在齐国为相，后继任萧何为汉朝丞相。②惠帝：汉高祖刘邦的儿子刘盈。③垂拱：垂着衣裳拱着双手，比喻没有事情做。

译文

　曹参奉召入朝为相，行前交代继任者要特别注意监狱和市场的管理。继任者问："治理齐国，难道没有比这更重要的事吗？"曹参说："监狱、市场都是容纳逐利之徒的地方，如果这两个地方管不好，这些人去哪里呢？"后来曹参入朝就任丞相后，一切都遵照萧何之前的规矩办，他就只管日夜饮酒，没有做什么事。宾客来拜访他，都有话想说，但曹参只管劝他们喝酒；宾客插空说几句，紧接着又喝酒，喝醉为止，始终没有机会展开说话。惠帝奇怪曹参为什么不管事，嘱咐曹参的儿子、中大夫曹窋私下提醒他。曹窋休假回家，给曹参提意见。曹参很生气，打了他两百鞭。惠帝责备曹参说："这和曹窋有什么关系？是我要他去给你提意见的。"曹参脱下帽子谢罪说："陛下自己觉得您和高祖皇帝比谁更圣明勇武？"惠帝说："我怎么敢和先帝比？"曹参又说："那臣和萧何比谁更厉害？"惠帝说："你似乎不及他。"曹参说："陛下说得对啊。高祖和萧何平定天下，法令已经规定得很明白，如今陛下垂衣拱手治理天下，我等臣子尽忠职守，遵循其道不要做错，难道不对吗！"惠帝说："你可以回去休息了。"

　这不是遮盖短处，恰是展现了长处。

诸葛孔明

丞相既平南中①，皆即其渠率②而用之。或谏曰："公天威所加，南人率服。然夷情叵测，今日服，明日复叛，宜乘其来降，立汉官分统其众，使归约束，渐染政教。十年之内，辫首③可化为编氓，此上计也！"公曰："若立汉官，则当留兵；兵留则口无所食，一不易也。夷新伤破，父兄死丧，立汉官而无兵者，必成祸患，二不易也。又夷累有废杀之罪，自嫌衅重，若立汉官，终不相信，三不易也。今吾不留兵，不运粮，纲纪粗定，夷汉相安。"

晋史：桓温④伐蜀，诸葛孔明小史犹存，时年一百七十岁。温问曰："诸葛公有何过人？"史对曰："亦未有过人处。"温便有自矜之色。史良久曰："但自诸葛公以后，更未见有妥当如公者。"温乃惭服。凡事只难得"妥当"，此二字，是孔明知己。

注释

①南中：蜀国国土南部的川、滇、黔交界地带。②渠率：首领。率，通"帅"。③辫首：少数民族。当时少数民族习惯编发为辫，与汉人发式不同。④桓温：东晋权臣。

译文

孔明平定蜀国南部川、滇、黔交界地区的国土，任用当地的首领为官。有人规劝说："在您的威名震慑下，南中都臣服了。然而夷地情况难测，有可能今天臣服，明天又叛变，应该趁他们来降时，让汉人担任官吏来统率其部众，使他们受到约束，渐渐让他们适应汉地的政治和教化。十年之内，不受管束的夷狄就可以变成好管理的百姓了，这是上策啊！"孔明说："如果让汉人为官，就必须驻扎军队；驻扎军队却没有军粮，是第一个不便之处。他们刚经历战乱，亲人死伤，让汉人为官而没有军队，必然引发祸患，是第二个不便之处。而且夷狄经常废除或杀掉首领，内部矛盾深重，如果让汉人为官，始终不会得到他们的信任，是第三个不便之处。现在我不驻军队，不运粮食，法令大致定下来，夷狄和汉人都相安无事。"

《晋史》记载：桓温进攻蜀地时，孔明当年的小史官还活着，已一百七十岁了。桓温问："诸葛先生有什么过人之处？"史官答："没有什么过人之处。"桓温脸上就有些骄矜的神态了。过了好一会儿，史官又说："但是自诸葛先生之后，再也没见过像他那样妥当的人了。"桓温羞愧，并且服气了。所有事最难得的是"妥当"，史官说出这两个字，是孔明的知己了。

吴正肃公

吴正肃公①知蔡州。蔡故多盗，公按令为民立伍保②，而简其法，民便安之，盗贼为息。京师有告妖贼聚确山者，上遣中贵人驰至蔡，以名捕者十人。使者欲得兵往取，公曰："使者欲借兵立威耶，抑取妖人以还报也？"使者曰："欲得妖人耳。"公曰："吾在此，虽不敏，然聚千人于境内，安得不知？今以兵往，是趣其为乱也。此不过乡人相聚为佛事以利钱财耳。手召之，即可致。"乃馆使者，日与之饮酒，而密遣人召十人，皆至，送京师鞫实，告者以诬得罪。

注释

①吴正肃公：吴育，字春卿，建州浦城（今属福建）人，南宋淳熙年间进士，曾担任司农寺丞、随州知州、蔡州知州等，谥号正肃。②伍保：将相邻的几家编为一保，设保长，在保长带领下共同维护地方秩序、建立集体安全网络。

译文

吴正肃公到蔡州任知州。蔡州原来有很多强盗，吴正肃公按照政令让民众建立伍保制度，精简管理办法，人民便获得了安定，盗贼也消失了。京城有人举报说，有嚣张的贼人在确山聚集，皇帝派宦官为使者骑马到蔡州，要逮捕名单上的十个人。使者想要领兵前往捉拿，正肃公说："您是想借兵立威呢，还是想要抓取作乱的人呢？"使者说："想要捉拿作乱的人啊。"正肃公说："我在这任职，虽不聪明，但是如果有一千人在境内聚集，我怎么会不知道呢？现在带兵前往，就是迫使他们作乱啊。那不过是乡民借佛事聚在一起，以便赚取些钱财罢了。招招手，他们就来了。"于是让使者住在馆舍内，每天和他一起喝酒，另外秘密派人去召那十个人，十个人都来了，把他们送到京师去查清事实。告发此事的人因为诬告而获罪。

程明道

广济、蔡河出县境，濒河不逞之民，不复治生业，专以胁取舟人钱物为事，岁必焚舟十数以立威。明道①始至，捕得一人，使引其类，得数十人。不复根治旧恶，分地而处之，使以挽舟为业，且察为恶者。自是境无焚舟之患。

胁舟者业挽舟，使之悟絜矩②之道，此大程先生所以为真道学③也。

①明道：程颢，北宋理学家，世称"明道先生"。②絜矩：《礼记·大学》有"是以君子有絜矩之道也"之句，"絜"意为度量，"矩"意指法度。③道学：周敦颐、程颢、程颐和朱熹等倡导的理学。

译文

宋朝时，广济渠、蔡河流经扶沟县境，沿岸有不守法的民众，不好好从事正当的谋生行业，而专门以劫掠过往船只中旅客的财物为业，每年都要焚烧数十艘船来立威。明道先生程颢到扶沟县任知县后，先抓到一个人，然后让他引出其他劫掠船只的人，一共抓了几十个人。明道先生不追究他们过往的罪恶，而分开处理他们，让他们在不同地方拉纤为生，而且要调查是否有为非作歹的人。此后扶沟县境内再也没有烧船的祸患。

让抢夺舟中旅客财物的人拉纤为生，使他们懂得规矩和法度，可见程颢先生是真正的理学家啊。

张 辽

张辽①受曹公命屯长社，临发，军中有谋反者，夜惊乱，火起，一军尽扰。辽谓左右曰："勿动！是不一营尽反，必有造变者，欲以动乱人耳。"乃令军中曰："不反者安坐！"辽将亲兵数十人中阵而立。有顷，即得首谋者，杀之。

周亚夫②将兵讨七国。军中尝夜惊，亚夫坚卧不起，顷之自定。吴汉为大司马，尝有寇夜攻汉营，军中惊扰，汉坚卧不动。军中闻汉不动，皆还按部。汉乃选精兵夜击，大破之。此皆以静制动之术，然非纪律素严，虽欲不动，不可得也。

注释

①张辽：原为吕布部将，后投靠曹操，因战功封晋阳侯。
②周亚夫：汉景帝三年，"七国之乱"爆发，周亚夫带兵平定叛乱。

译文

张辽按照曹操的命令在长社屯兵。要出发时，军中有反叛的人在夜里制造惊慌和混乱，火烧起来了，整个军营都受到惊扰。张辽对身边的将领说："不要动。不是整个军营全都反了，必定是造反的人想要制造事端引起大家骚乱。"接着他命人告知全军："没有造反的人安心待着！"张辽带着几十名亲兵站立于军营中心。过了一会儿，就抓到了带头作乱的人，杀掉了他。

周亚夫率兵讨伐七个叛乱的封国。军营曾经在夜里被惊动，周亚夫坚定地躺在床上，不久整个军营都安定下来。吴汉担任大司马的时候，曾经有敌人夜里进攻汉营，士兵们受到惊扰，但吴汉坚定地躺在床上，没有动。士兵们听说吴汉没有动，也都回去继续睡。吴汉随后挑选精兵发动夜袭，大破敌军。这都是以静制动的方法，然而如果不是纪律严明，即使想不动，也是做不到的。

上智部　迎刃卷四

危峦前阨，洪波后沸。

人皆棘手，我独掉臂。

动于万全，出于不意。

游刃有余，庖丁之技。

集《迎刃》。

裴光庭

张说[①]以大驾[②]东巡，恐突厥[③]乘间入寇，议加兵备边，召兵部郎中裴光庭[④]谋之。光庭曰："封禅，告成功也，今将升中于天而戎狄是惧，非所以昭盛德也。"说曰："如之何？"光庭曰："四夷之中，突厥为大，比屡求和亲，而朝廷羁縻未决许也。今遣一使，征其大臣从封泰山，彼必欣然承命。突厥来，则戎狄君长无不皆来，可以偃旗卧鼓，高枕有余矣！"说曰："善！吾所不及。"即奏行之，遣使谕突厥，突厥乃遣大臣阿史德颉利发入贡，因扈从东巡。

注释

①张说（yuè）：洛阳人，字道济，唐朝著名政治家、军事家、文学家、宰相。②大驾：唐玄宗李隆基。③突厥：隋唐时期长期骚扰边境的游牧民族。④裴光庭：唐高宗时名将裴行俭之子。

译文

张说在唐玄宗李隆基即将东行封禅泰山时，担心突厥会乘机入境骚扰，想提议加强边境守备，于是召见兵部郎中裴光庭商议。裴光庭说："封禅，是为了向上天报告皇帝的功德，现在即将向上天禀告，却担心戎狄来攻，这不是能显示皇上盛德的事。"张说说："你有什么办法？"裴光庭说："四方夷狄之中，突厥最强，他们多次请求和亲，而朝廷一直拖延，没有给出确定的答复。现在如果派出使者，请其选出一个大臣跟皇上一起去泰山封禅，他们一定高兴地答应。突厥人来了，其他小国的首领没有不来的，如此就可以落下战旗，停敲战鼓，安心睡觉了。"张说说："这个主意好！我赶不上你。"张说立刻就征得皇帝同意，派使者去突厥告知此事。突厥于是派大臣阿史德颉利发带着贡品前来，并跟随天子去泰山封禅。

陈 平

燕王卢绾①反，高帝使樊哙②以相国将兵击之。既行，人有短恶哙者，高帝怒，曰："哙见吾病，乃几吾死也！"用陈平计，召绛侯周勃受诏床下，曰："平乘驰传③载勃代哙将。平至军中，即斩哙头！"二人既受诏行，私计曰："樊哙，帝之故人，功多。又吕后女弟女婴夫，有亲且贵。帝以忿怒故欲斩之，即恐后悔，［边批：精细。］宁囚而致上，令上自诛之。"平至军，为坛，以节召樊哙。哙受诏节，即反接载槛车诣长安，而令周勃代，将兵定燕。平行，闻高帝崩，平恐吕后及吕婴怒，乃驰传先去。逢使者，诏平与灌婴④屯于荥阳。平受诏，立复驰至宫，哭殊悲，因奏事丧前。吕太后哀之，曰："君出休矣。"平因固请得宿卫中，太后乃以为郎中令，曰："傅教帝。"是后吕婴谗乃不得行。

谗祸一也，度近之足以杜其谋，则为陈平；度远之足以消其忌，则又为刘琦。宜近而远，宜远而近，皆速祸之道也。

刘表⑤爱少子琮，琦惧祸，谋于诸葛亮，亮不应。一日相与登楼，去梯，琦曰："今日出君之口，入吾之耳，尚未可以教琦耶？"亮曰："子不闻申生在内而危，重耳在外而安乎？"琦悟，自请出守江夏。

注释

①卢绾：跟随刘邦起义，西汉建立后封为燕王。②樊哙：刘邦同乡，随刘邦起义，后封为舞阳侯，其妻为吕后之妹。③驰传：用四匹中等马拉着的马车，在有紧急使命的时候使用。④灌婴：汉朝开国功臣，封颍阴侯。⑤刘表：汉朝宗室，东汉末年割据荆襄。

译文

燕王卢绾造反，汉高祖派樊哙以相国的身份带兵讨伐。樊哙出发之后，有人说他的坏话。高祖很生气，说："樊哙见我病了，就希望我死啊。"高祖就用陈平的办法，召绛侯周勃到床前下达诏命，说："陈平乘驰传驿车带着周勃到军中代替樊哙之职。陈平到军中，立刻斩樊哙的头。"陈平、周勃二人当即领命出发，他们私下商量说:"樊哙,是皇帝的朋友,功劳多,还是吕后妹妹吕嬃的丈夫,是皇亲而且地位尊贵。皇上因为盛怒想杀他,恐怕后面他会后悔。[边批:考虑精细。]我们还是囚禁樊哙交给皇上,让皇上自己诛杀他。"陈平到军中,筑坛,以皇帝授予的凭证召樊哙。樊哙接受皇帝的诏书,陈平就反绑了他的双手,把他装上囚车押奔长安,周勃则代樊哙之职,带兵平定燕王之乱。陈平还在途中,就听说高祖驾崩,他担心吕后及吕嬃发怒,就派人乘驰传车先走。不久遇见宫中派来的使者,使者传令命陈平与灌婴带队驻扎在荥阳。陈平接受诏书,仍立刻赶到宫中,哭得极为悲痛,并趁机在高祖灵前把事情经过报告吕后。吕后表达对陈平的同情,说:"您出宫去休息吧。"陈平坚决请求在宫中值守、护卫,吕后又任命他为郎中令,说:"辅佐、教导皇帝。"因此,之后吕嬃对他的谗言就行不通了。

同样是因为谗言而招致灾祸,考虑眼前情况足以杜绝别人的阴谋,这是陈平;考虑远离来消除别人的猜忌,这是刘琦。该接近却远离,该远离却接近,都是加速祸患来临的原因。

刘表喜爱小儿子刘琮,刘琦担心有祸患,找诸葛亮想办法,诸葛亮不理他。有一天,刘琦和诸葛亮登楼,刘琦让人搬走梯子,说:"今天的话,从您口中说出,只进入我的耳朵,难道还不能教我吗?"诸葛亮说:"你没听说过申生留在国内危险,重耳在外反而安全的故事吗?"刘琦明白了,于是自己请求去镇守江夏。

停胡客供

　　唐因河陇没于吐蕃，自天宝以来，安西、北庭奏事，及西域使人在长安者，归路既绝，人马皆仰给鸿胪①。礼宾②委府县供之，度支不时付直，长安市肆，不胜其弊。李泌知胡客留长安久者或四十余年，皆有妻子，买田宅，举质取利甚厚。乃命检括胡客有田宅者，得四千人，皆停其给。胡客皆诣政府③告诉，泌曰："此皆从来宰相之过，岂有外国朝贡使者留京师数十年不听归乎？今当假道于回纥，或自海道，各遣归国。有不愿者，当令鸿胪自陈，授以职位，给俸禄为唐臣。人生当及时展用，岂可终身客死耶？"于是胡客无一人愿归者，泌皆分领神策两军④，王子使者为散兵马使或押衙，余皆为卒，禁旅益壮。鸿胪所给胡客才十余人，岁省度支钱五十万。

注释

　　①鸿胪：鸿胪寺，负责外国宾客事宜。②礼宾：鸿胪寺下设的礼宾院。③政府：中书省。④神策两军：神策军是禁军精锐，分为左、右两军。

译文

　　唐朝时，因陇右、河西等地被吐蕃侵吞，所以自天宝年间以来，安西、北庭都护府向朝廷奏事的，以及在长安的西域使者等，断了回去的路，其钱物都仰赖鸿胪寺供给。鸿胪寺礼宾院则委派府县供应他们，钱物经常拖欠。长安的市场、店铺，都为这个弊端头疼。李泌知道，这些留在长安的外国客人，最长的已有四十多年，有妻子有儿女，买了田地和房屋，他们以物质钱，计月收利息，赚了很多钱。于是李泌命令调查有田地和房产的外国客人，统计出四千多人，把他们的供给都停了。外国客人都去中书省投诉，李泌说："这都是以前宰相的过错，哪里有外国来朝贡的使者，留在京城几十年，却不让他们回去的呢？现在应该从回纥借路，或者从海路，让他们都回国。有不愿意的，应该让鸿胪寺报告，授予他们官职，给他们俸禄，成为大唐的臣子。人生来应该及时施展才干，哪能一辈子做客人身死他乡呢？"结果没有一个外国使者愿意回去，李泌就让他们归入神策军左、右两军，原来是王子一级的使者担任散兵马使或押衙，其余都编入士兵队伍，禁军更强大了。之后鸿胪寺供应的外国客人只剩十多个人，每年节省下来的钱有五十万。

沈 启

世宗皇帝[①]当幸楚[②]，所从水道，则南京具诸楼船以从。具而上或改道，耗县官金钱；不具而上猝至，获罪。尚书周用疑以问工部主事沈启[③]。启曰："召商需材于龙江关，急驿侦上所从道，以日计，舟可立办。夫舟而归直于舟，不舟而归材于商，不难也。上果从陆，得不费水衡钱[④]矣。"中贵人请修皇陵，锦衣朱指挥者往视，启乘间谓朱曰："高皇帝制：皇陵不得动寸土，违者死。今修不能无动土，而死可畏也。"朱色慑，言于中贵人而止。

注释

①世宗皇帝：明世宗朱厚熜，年号嘉靖。②幸楚：明世宗朱厚熜生父兴献王封国在湖北，逝后葬于此；其生母去世后亦葬于此。明世宗此行去湖北，即为祭其父母之陵。③沈启（qǐ）：字子

由，吴江人，嘉靖年间进士，官至湖广按察副使，懂水力，著有《吴江水考》。④水衡钱：汉武帝时候设置有水衡都尉一职，掌管上林苑，兼管皇室财物以及铸造钱币。后世无此官职，借此指国库的钱。

译文

　　明世宗要去湖北祭拜亲生父母，如果走水路，那么南京应该准备楼船随行。如果准备了楼船，但皇帝改道了，那么就白白耗费了县里的钱；如果不准备楼船，皇帝突然到来，就会因此获罪。尚书周用不知道怎么办，就问工部主事沈啓。沈啓说："招募商人准备造船所需的材料放到龙江关。马上派人去访查皇上走哪条路，计算好日期，船可以立刻造好。如果皇帝乘船走水路，就花钱造船，如果皇帝不乘船走水路，那么就把材料还给商人，这事不难。如果皇上最终走了陆路，那就不用耗费国库的钱了。"宦官请求修补皇陵，锦衣卫的朱指挥使前往察看。沈啓找到机会跟朱指挥使说："高皇帝规定：皇陵的一寸土都不能动，违反这个规定的人就处死。现在修补皇陵，就不能不动土，可是死罪让人害怕啊。"朱指挥使脸上露出畏惧的神色，就去跟宦官说了，这事就停止了。

—明智部　知微卷五—

圣无死地，贤无败局。

缝祸于渺，迎祥于独。

彼昏是违，伏机自触。

集《知微》。

箕　子

纣[1]初立，始为象箸。箕子叹曰："彼为象箸，必不盛以土簋，将作犀玉之杯。玉杯象箸，必不羹藜藿[2]，衣短褐，而舍于茅茨之下，则锦衣九重，高台广室。称此以求，天下不足矣！远方珍怪之物，舆马宫室之渐，自此而始，故吾畏其卒也！"未几，造鹿台[3]，为琼室玉门，狗马奇物充其中，酒池肉林，宫中九市，而百姓皆叛。

注释

①纣：商朝最后一个君主，名受，号帝辛，史称商纣王。传说其暴虐无道，是历史上有名的残暴之君。②藜藿：野菜，比喻

粗劣的食物。③鹿台：传说是商纣王修建的享乐之地，故址在河南汤阴朝歌之南。

纣王刚即位的时候，开始命人造象牙筷子。箕子感叹说："他做了象牙筷子，一定不会把食物装在陶碗里，将来还会用犀牛角和美玉做杯子。有美玉杯和象牙筷子，一定不会吃粗劣的食物，也不会穿粗劣的衣服，也不会住在茅草房子里，而是穿华丽精美的衣服，住高大宽敞的房子。按照这样的标准，整个天下都不能满足他。远方的珍贵稀奇的东西，华丽的马车、宫室，就从这里慢慢开始了，因此我担心他很快就会败亡啊！"不久，纣王建造鹿台，用美玉建造宫殿和门户，名犬良马充满宫内，酒倒在池子里喝，肉食挂在树枝上如同肉做的树林一样，还在宫廷里设立九个集市，百姓都不再忠诚于他。

殷长者

武王①入殷②，闻殷有长者③。武王往见之，而问殷之所以亡。殷长者对曰："王欲知之，则请以日中为期。"及期弗至，武王怪之。周公曰："吾已知之矣。此君子也，义不非其主。若夫期而不当，言而不信，此殷之所以亡也。已以此告王矣。"

①武王：周武王姬发。②殷：商朝都城朝歌。③长者：年龄大而品德高尚的人。

译文

周武王进入商的都城朝歌以后，听说那里有一位长者。周武王亲自去见他，想问他殷商灭亡的原因。长者回答说："您想知道原因，那么请约定中午见面。"到中午了，长者却没有来。武王感到奇怪，周公说："我已经知道原因了。这个人是君子啊，他尊奉道义，不想说其主君不好的话。如果约定时间到了，人却没来，是不遵守信用，这就是殷商灭亡的原因啊。他已经通过这件事告诉大王了。"

管　仲

　　管仲①有疾，桓公往问之，曰："仲父病矣，将何以教寡人？"管仲对曰："愿君之远易牙、竖刁、常之巫、卫公子启方②。"公曰："易牙烹其子以慊寡人，犹尚可疑耶？"对曰："人之情非不爱其子也。其子之忍③，又何有于君？"公又曰："竖刁自宫④以近寡人，犹尚可疑耶？"对曰："人之情非不爱其身也。其身之忍，又何有于君？"公又曰："常之巫审于死生，能去苛病，犹尚可疑耶？"对曰："死生，命也；苛病，天也。君不任其命，守其本，而恃常之巫，彼将以此无不为也。"［边批：造言惑众。］公又曰："卫公子启方事寡人十五年矣，其父死而不敢归哭，犹尚可疑耶？"对曰："人之情非不爱其父也，其父之忍，又何有于君？"公曰："诺。"管仲死，尽逐之；食不甘，宫不治，苛病起，朝不肃。居三年，公曰："仲父不亦过乎？"于是皆复召而反。明年，公有病，常之巫从中出曰："公将以某日薨。"［边批：所谓无不为也。］易牙、竖刁、常之巫相与作乱，塞宫门，筑高墙，不通人，公求饮不得。卫公子启方以书社四十⑤下卫。公闻乱，慨然叹，涕出，曰："嗟乎！圣人所见岂不远哉！"

昔吴起⑥杀妻求将，鲁人谮之；乐羊⑦伐中山，对使者食其子，文侯赏其功而疑其心。夫能为不近人情之事者，其中正不可测也。天顺中，都指挥⑧马良有宠。良妻亡，上每慰问。适数日不出，上问及，左右以新娶对。上怫然曰："此厮夫妇之道尚薄，而能事我耶？"杖而疏之。宣德⑨中，金吾卫指挥傅广自宫，请效用内廷。上曰："此人已三品，更欲何为？自残希进，下法司问罪！"噫！此亦圣人之远见也。

①管仲：春秋齐国颖上人，名夷吾，著名政治家，辅助齐桓公成为春秋五霸之一。②卫公子启方：当时掌管齐国朝堂仪仗。③忍：忍心，残忍。④自宫：男子自行割除生殖器。⑤社四十：一社是二十五户，四十社即一千户。⑥吴起：战国时期军事家，卫国人，在鲁国出仕。齐国攻打鲁国时，鲁国想要任命吴起为将，但吴起妻子为齐国人，鲁国国君心中忧疑，吴起于是杀掉妻子，得以被任命为大将。⑦乐羊：乐羊在魏国出仕，其子在中山国出仕。魏国征伐中山，中山国君杀掉乐羊之子，做成肉酱送去给乐羊，乐羊吃后，率领军队灭掉了中山国。⑧都指挥：官职名，负责掌管京城各营的侍卫工作，保卫皇帝安全。⑨宣德：明宣宗朱瞻基年号。

译文

管仲病重，齐桓公前去探望，问道："仲父您病重了，还有什么要嘱咐寡人的？"管仲答："希望您疏远易牙、竖刁、常之巫、卫公子启方。"桓公说："易牙把他的儿子烹煮了给寡人吃，还有什么可疑吗？"管仲说："人之常情是没有不爱自己孩子的。能对儿子这样残忍，对国君还有什么不忍心的呢？"桓公又问："竖刁自宫以求成为寡人近侍，还有什么可疑吗？"管仲说："人之常情是没有不爱惜自己身体的。对自己身体这么残忍，对国君还有什么不忍心的呢？"桓公又问："常之巫能判断生死，能去除重病，还有什么可疑吗？"管仲说："生死，取决于命；重病，取决于天。您不顺应命运，守护本分，却依仗常之巫，他将借此而没什么不敢做的！"〔边批：编造言论，迷惑众人。〕桓公又问："卫公子启方服侍寡人十五年了，父亲死了都不敢回去哭丧，还有什么可疑吗？"管仲说："人之常情是没有不敬爱自己父亲的，能对他父亲这样残忍，对国君还有什么不忍心的呢？"桓公说："我答应你。"管仲去世了，桓公就把这四个人都赶走了；但是从此吃得不舒心，宫廷内没有秩序，身体又病了，朝堂也没有威仪了。就这样过了三年，桓公说："仲父是不是过于担心了？"于是下诏让这四个人回来。第二年，桓公病了，常之巫从宫中出来说："桓公将在某天去世。"〔边批：这就是"无所不为"。〕易牙、竖刁、常之巫陆续起来作乱，他们堵上宫门，修建高墙，不让人进出，桓公想喝水都得不到。卫公子启方带着一千户人家投降了卫国。桓公听说这乱局，感慨叹息，流着泪说："唉！圣人的见识怎能不深远啊！"

从前吴起杀掉妻子以争取当将军，鲁国人忌惮他。乐羊讨伐中山国时，当着使者面吃了他儿子的肉，魏文侯奖赏他的功劳但怀疑他的忠心。那些能做出不近人情之事的人，其内心深不可测。明英宗天顺年间，都指挥马良非常宠爱妻子。他的妻子去世了，英宗常常慰问他。赶上有几天马良没出现，英宗问怎么回事，左右的人说他新娶了妻子。英宗脸色变了，说："这家伙夫妇感情如此淡薄，还能服侍我吗？"于是处以杖刑并疏远了他。宣德年间，金吾卫指挥傅广自宫，请求到内廷效力。宣宗说："此人已经是三品官，还想要做什么？用自残来图谋升官，让法司来审问他的罪行吧！"唉！这也是圣人的远见啊！

南文子

智伯①欲伐卫，遗卫君野马四百、璧一。卫君大悦，君臣皆贺，南文子②有忧色。卫君曰："大国交欢，而子有忧色何？"文子曰："无功之赏，无力之礼，不可不察也。野马四百、璧一，此小国之礼，而大国致之。君其图之！"卫君以其言告边境。智伯果起兵而袭卫，至境而反，曰："卫有贤人，先知吾谋也！"

韩、魏不爱万家之邑以骄智伯，此亦璧马之遗也。智伯以此蛊③卫，而还以自蛊，何哉？

注释

①智伯：智瑶，春秋时期晋国六卿之一。②南文子：卫国大夫。③蛊：迷惑。

译文

智伯想要出兵卫国，给卫国国君送了野马四百匹、璧玉一块。卫君非常高兴，群臣也都祝贺。南文子脸上却露出担忧的神色。卫君说："大国来交好，您脸上为什么有忧虑的神色呢？"南文子说："没有功劳而得到赏赐，没有尽力而得到礼物，不可不警惕。野马四百匹、璧玉一块，这一般是小国送出的礼物，晋这样的大国却将其送给卫国。您应该好好考虑一下！"卫君将南文子的话告诉了边境的守军。智伯果然带兵袭击卫国，到了边境却回去了，说："卫国有聪明人，预先知道了我的图谋。"

韩、魏不吝啬一万户的城池，以使智伯骄慢，这也跟赠送野马、璧玉的目的一样。智伯用这种手段迷惑卫国，却反过来使自己被迷惑，为什么呢？

明智部 亿中卷六

镜物之情，揆事之本。
福始祸先，验不回瞬。
藏钩射覆，莫予能隐。
集《亿中》。

范 雎

王稽^①辞魏去，私载范雎^②，至湖关，望见车骑西来，曰："秦相穰侯^③东行县邑。"雎曰："吾闻穰侯专秦权，恶纳诸侯客，恐辱我，我且匿车中。"有顷，穰侯至，劳王稽，因立车语曰："关东有何变？"曰："无有。"又曰："谒君得无与诸侯客子俱来乎？无益，徒乱人国耳！"王稽曰："不敢。"即别去。范雎出曰："穰侯，智士也，其见事迟。向者疑车中有人，忘索，必悔之。"于是雎下车走。行数里，果使骑还索，无客乃已。雎遂与稽入咸阳。

穰侯举动不出雎意中，所以操纵不出雎掌中。

①王稽：战国秦人，奉秦昭王令出使魏国。②范雎：战国时魏人，在魏国中大夫须贾手下任职。跟随须贾出使齐国的时候，齐王听说范雎口才好，就命人送给范雎礼物，范雎辞谢不敢接受。须贾听说了，却认为范雎是把魏国的机密告诉了齐国，所以齐王才赏赐他。须贾把这事告诉魏国宰相魏齐，魏齐命人鞭打范雎，范雎靠装死逃得一命，之后化名张禄，藏在朋友郑安平那里。秦国使者王稽出使魏国，从郑安平那里知道了范雎，于是决定带着范雎逃离魏国。后范雎在秦国为相，对秦国崛起有功。③穰侯：魏冉，秦昭王母亲宣太后的弟弟，在秦国为相，有功而封为穰侯。其后被范雎取代。

译文

王稽离开魏国，车上暗中载着范雎，到了湖关，看见有车骑从西边来，说："这是秦相穰侯到东边巡视县邑。"范雎说："我听说穰侯在秦国专权，讨厌接纳其他诸侯国来的宾客，恐怕他会羞辱我，我暂且在车里躲避一下吧。"不久，穰侯到了，慰劳王稽，并停下车来说："关东有什么事情发生吗？"王稽说："没有。"穰侯又说："您没有带其他诸侯国的宾客一起来吗？这些宾客没什么好处，只是祸乱别人的国家罢了。"王稽说："不敢这么做。"之后穰侯告别而去。范雎出来说："穰侯是有智慧的人，他看事情有些迟钝。刚才怀疑车里有人，却忘了看，一定会感到后悔。"于是范雎下车走了，几里地之后，穰侯果然派人骑马回来察看，没有找到宾客，才罢休。范雎于是和王稽进入咸阳城。

穰侯的行为不出范雎的预料，所以他后来所为尽在范雎掌控之中。

王 应

王敦①既死，王含欲投王舒②，其子应在侧，劝含投彬③。含曰："大将军平素与彬云何，汝欲归之？"应曰："此乃所以宜投也。江州［彬］当人强盛，能立异同，此非常识所及。睹衰危，必兴慈愍。荆州［舒］守文，岂能意外行事耶？"含不从，［边批：蠢才。］径投舒，舒果沉含父子于江。彬初闻应来，为密具船以待，待不至，深以为恨。

好凌弱者必附强，能折强者必扶弱。应嗣逆敦，本非佳儿，但此论深彻世情，差强"老婢"耳！敦每呼兄含为"老婢"。

晋中行文子④出亡，过县邑。从者曰："此啬夫，公之故人，奚不休舍，且待后车？"文子曰："吾尝好音，此人遗我鸣琴。吾好佩，此人遗我玉环。是振我过以求容于我者，吾恐其以我求容于人也！"乃去之，果收文子后车二乘而献之其君矣。蔺相如为宦者缪贤舍人，贤尝有罪，窃计欲亡走燕。相如问曰："君何以知燕王？"贤曰："尝从王与燕王会境上，燕王私握吾手曰：'愿结交。'以故欲往。"相如止之曰："夫赵强燕弱而君幸于赵王，故燕王欲结君。今君乃亡赵走燕，燕畏赵，其势必不敢留君，而束君归赵矣。君不如肉袒负斧锧请罪，则幸脱矣。"贤从其计。参观二事，足尽人情之隐。

注释

①王敦：临沂人，字处仲，王导的从兄。曾经与王导一起辅佐晋元帝，后起兵叛乱，兵败被杀。②王舒：王导的从弟，当时为荆州刺史。③彬：王彬，字世儒，王敦的从弟，当时为江州刺

史。④中行文子：荀寅，春秋时晋卿，又称中行寅。荀吴之子。晋国六卿之一。

译文

王敦死后，其哥哥王含想投靠王舒。他的儿子王应在旁边，劝他投靠王彬。王含说："大将军生前和王彬关系怎么样？你还要去投靠他？"王应说："正因如此，才适合去投靠他。王彬在别人势力强盛时，能发表不同意见，这不是一般见识的人能做到的，看见落难的人，必定会慈悲怜悯。王舒谨慎遵守规矩，怎么能做出意想不到的事呢？"王含不听，[边批：蠢材。]执意去投奔王舒，果然王舒把王含父子沉入江中。王彬起初听说王应要来投奔，给他们秘密准备了船只，等待他们，结果没等到，他感到非常痛惜。

经常欺凌弱者的人必定依附于强者，能折辱强者的人必定扶持弱者。王敦以王应为后嗣，王应却悖逆王敦，原本不是好侄儿，但他的这番见解深深看透人情世故，比起"老婢"强多了。王敦经常称呼哥哥王含为"老婢"。

春秋时晋国的中行文子逃亡，路过一个县城。跟从他的人说："这里的乡官是您的老朋友，难道不休息一下，等等后面的车子吗？"文子说："我曾经喜欢音乐，这个人就送我琴。我喜欢佩饰，他就送我玉环。他是助长我的过失，而想要从我这得到好处的人。我担心他把我送给别人以求得到好处。"于是中行文子很快离开了。这个人果然扣下了文子后面的两辆车，献给他的主君了。蔺相如曾经是宦官缪贤的门客。缪贤曾经犯了罪，暗自想要逃到燕国去。蔺相如问他："您怎么知道燕王能接纳您？"缪贤说："我曾陪着大王和燕王在边境会面，燕王私下握着我的手说：'愿意和您交朋友。'因此我想去燕国。"蔺相如阻止他说："赵国强盛而燕国弱小，您受赵王宠幸，所以燕王才想结交您。现在您要从赵国逃到燕国去，燕国害怕赵国，势必不敢留您，反而会抓住您送回赵国。您不如袒露身体，背着斧子请罪，那么就有机会免罪了。"缪贤听从了他的计策。看完这两个故事，足够深刻认识人情了。

荀　息

晋献公①谋于荀息②曰："我欲攻虞，而虢救之；攻虢则虞救之。如之何？"荀息曰："虞公贪而好宝，请以屈产之乘与垂棘之璧，假道于虞以伐虢。"公曰："宫之奇③存焉，必谏。"息曰："宫之奇之为人也，达心而懦，又少长于君。达心则其言略，懦则不能强谏，少长于君，则君轻之。且夫玩好在耳目之前，而患在一国之后，唯中智以上乃能虑之。臣料虞公，中智以下也。"晋使至虞，宫之奇果谏曰："语云：'唇亡则齿寒'。虞、虢之相蔽，非相为赐。晋今日取虢，则明日虞从而亡矣。"虞公不听，卒假晋道。行既灭虢，返戈向虞，虞公抱璧牵马而至。

注释

①晋献公：名诡诸，春秋时晋国国君。②荀息：名黯，晋国大夫。③宫之奇：虞国大夫，忠臣，有远见卓识。

译文

晋献公与荀息谋划道："我想攻打虞国，可是虢国会救援；攻打虢国，虞国就会救援。这怎么办？"荀息说："虞公贪婪而喜欢宝物，请您用屈地产的骏马和垂棘的宝玉，向虞公借路去攻打虢国。"献公说:"宫之奇在呢,一定会进谏。"荀息说:"宫之奇的为人啊,心里清楚但性格软弱,又是从小和虞公一起长大的。心里清楚,那么说话就简略,性格柔弱就不会强行进谏,从小和虞公一起长大,就容易被虞公轻视。而且那些喜爱的玩物就摆在眼前,而祸患则远在一个国家灭亡之后,只有中上才智的人才会忧虑那些事。臣估计虞公才智在中下罢了。"晋国使者到了虞国,宫之奇果然进谏说:"俗话说'嘴唇没有了,牙齿会感到寒冷'。虞、虢互相保护,不能把对方当礼物献出去。晋国今天灭了虢国,那么明天虞国也会紧跟着灭亡啊!"虞公不听,最终将道路借给晋。晋灭了虢国后,掉转武器来攻打虞国,虞公抱着玉璧、牵着骏马来投降。

郭嘉　虞翻

孙策①既尽有江东,转斗千里,闻曹公与袁绍相持官渡,将议袭许。众闻之,皆惧。郭嘉②独曰:"策新并江东,所诛皆英杰,能得人死力者也。然策轻而无备,虽有百万众,无异于独行中原。若刺客伏起,一人之敌耳。以吾观之,必死于匹夫之手!"虞翻③〔字仲翔〕亦以策好驰骋游猎,谏曰:"明府用乌集之众,驱散附之士,皆能得其死力,此汉高之略也。至于轻出微行,吏卒尝忧之。夫白龙鱼服,困于豫且,白蛇自放,刘季④害之。愿少留意!"策曰:"君言是也!"然终不能悛,至是临江未济,果为许贡家客所杀。"

孙伯符不死,曹瞒不安枕矣。天意三分,何预人事?

①孙策：字伯符，东汉末年割据群雄之一，孙吴政权的奠基者，孙坚长子，孙权长兄。②郭嘉：阳翟人，字奉孝，曹操重要谋士，多次随从曹操征伐有功。③虞翻：字仲翔，孙策时任职功曹，日南太守虞歆之子，经学家。④刘季：刘邦，字季。

译文

孙策已经占领整个江东地区，转战千里，听说曹操和袁绍在官渡难分胜负，就要商议攻打许都。很多人听了，都感到害怕，只有郭嘉说："孙策刚并入江东地区，他所诛杀的都是英雄豪杰，这些被诛的豪杰都是能让人为其拼命的人物。然而孙策轻率且无防备，虽然他有百万大军，但是和独自在中原行走没区别。如果刺客埋伏好突然杀出，一个人就能杀掉他。以我所见，他一定会死于无名之辈手里。"虞翻［字仲翔］也因为孙策喜欢骑马游猎，劝说他："大人您用乌合之众，率领新加入的游散兵丁，让他们都能拼死作战，这是像汉高祖一样的能力啊。然而您轻装出行，微服私访，属下官员和士兵们都很担忧这件事。像那白龙化作大鱼，被困在渔夫豫且手里，白帝自行放逐为白蛇，刘邦杀了它。希望您稍微留意一下！"孙策说："您说得很对。"然而孙策始终不能改掉习惯，他的大军已经到长江边还没来得及渡过去，他就被许贡的门客杀了。

孙策不死，曹操不能睡安稳啊。天下三分是天意，人的努力怎么干预得了！

明智部　剖疑卷七

讹口如波，俗肠如锢。

触目迷津，弥天毒雾。

不有明眼，孰为先路？

太阳当空，妖魑匿步。

集《剖疑》。

隽不疑

汉昭帝五年，有男子诣阙，自谓卫太子①。诏公卿以下视之，皆莫敢发言。京兆尹隽不疑后至，叱从吏收缚，曰："卫蒯聩②出奔，卫辄拒而不纳，《春秋》是之。太子得罪先帝，亡不即死，今来自诣，此罪人也！"遂送诏狱③。上与霍光闻而嘉之曰："公卿大臣当用有经术、明于大谊者。"由是不疑名重朝廷。后廷尉验治，坐诬罔腰斩。

国无二君，此际欲一人心、绝浮议，只合如此断决。其说《春秋》虽不是，然时方推重经术，不断章取义亦不足取信。《公羊》以卫辄拒父为尊祖。想当时儒者亦主此论。

注释

①卫太子：汉武帝长子刘据，其母为卫子夫，故称为卫太子。汉武帝征和二年，刘据因江充诬告，被迫起兵，后兵败自杀。但民间不知其情，于是传闻刘据未死。②卫蒯聩：姬姓卫氏，卫灵公之子。蒯聩与卫灵公夫人南子关系不好，计划杀南子而事败，灵公大怒，蒯聩被迫出逃。卫灵公去世后，灵公夫人让公子郢即位，公子郢让蒯聩之子姬辄即位。同年六月乙酉，晋国赵简子派人送蒯聩回卫国，意图即位，卫国发兵攻打蒯聩。③诏狱：由皇帝亲自掌管的监狱，入诏狱者需皇帝下诏定罪。

译文

汉昭帝五年，有男子来到宫门，自称是卫太子。皇帝下诏命公卿以下的官员前去察看，大家都不敢发表意见。京兆尹隽不疑后到，呵斥随从官吏把男子绑起来，说："卫蒯聩出逃后，卫辄拒不接纳他，《春秋》肯定了他的做法。太子在先帝那里获罪，不肯自杀却要逃亡，今天来自认，也是罪人啊！"于是把他送到皇帝掌管的监狱。昭帝与霍光听后嘉奖隽不疑说："应当任用懂得经书而又明白大义的人当公卿大臣。"从此隽不疑扬名整个朝廷。后来经廷尉查验、审问，该名男子因欺瞒冒名罪被腰斩。

一个国家不能有两个君王，这时候想要统一人心、杜绝不实议论，就应该这样决断。隽不疑用《春秋》的说法虽然不对，但是当时刚推崇经学，不断章取义也不足以取信于人。《公羊传》认为卫辄拒绝父亲是尊崇卫国的祖训。想必当时的儒家学者也主张这种论断。

西门豹

魏文侯时，西门豹为邺①令，会长老问民疾苦。长老曰："苦为河伯娶妇。"豹问其故，对曰："邺三老②、廷掾③常岁赋民钱数百万，用二三十万为河伯娶妇，与祝巫共分其余。当其时，巫行视人家女好者，云'是当为河伯妇'，即令洗沐，易新衣。治斋宫④于河上，设绛帷床席，居女其中。卜日，浮之河，行数十里乃灭。俗语曰：'即不为河伯娶妇，水来漂溺。'人家多持女远窜，故城中益空。"豹曰："及此时，幸来告，吾亦欲往送。"至期，豹往之河上。三老、官属、豪长者、里长、父老皆会。聚观者数千人。其大巫，老女子也，女弟子十人从其后。豹曰："呼河伯妇来。"既见，顾谓三老、巫祝、父老曰："是女不佳，烦大巫妪为入报河伯：更求好女，后日送之。"即使吏卒共抱大巫妪投之河。有顷，曰："妪何久也？弟子趣之。"复投弟子一人河中。有顷，曰："弟子何久也？"复使一人趣之。凡投三弟子。豹曰："是皆女子，不能白事。烦三老为入白之。"复投三老。豹簪笔磬折向河立待，良久，旁观者皆惊恐。豹顾曰："巫妪、三老不还报，奈何？"复欲使廷掾与豪长者一人入趣之；皆叩头流血，色如死灰。豹曰："且俟须臾。"须臾，豹曰："廷掾起矣！河伯不娶妇也！"邺吏民大惊恐，自是不敢复言河伯娶妇。

娶妇以免溺，题目甚大。愚民相安于惑也久矣，直斥其妄，人必不信。唯身自往会，簪笔磬折，使众著于河伯之无灵，而向之行诈者计穷于畏死，虽驱之娶妇，犹不为也，然后弊可永革。

　　①邺：魏国北方重镇，现河北省磁县南。②三老：掌教化的乡官。③廷掾：县里的属吏。④斋宫：斋戒祭神的地方。

译文

　　魏文侯时，西门豹任邺县的长官，他聚集长老，询问当地百姓疾苦。长老说："最苦的是为河伯娶妻。"西门豹问他们原因，长老说："邺县的三老、廷掾每年向民间收取几百万钱，用二三十万为河伯娶妻，再和巫师瓜分其余的钱。每当那时候，巫师到人家看到有好女子，就说'这个适合当河伯的妻子'，立即命令女子沐浴，换上新衣服。在河上游搭建斋宫，布置好红色的帷幕和床席，让美貌的女子坐在其中。卜算一个好日子，将床和女子一起漂浮于河面上，漂上几十里，就沉没了。民间传言：'如果不为河伯娶妻，大水就会淹没这里。'多数人家都带着女儿逃到远处去了，所以城里人越来越少。"西门豹说："到河伯娶妻的时候，希望你来告诉我，我也想去送亲。"到河伯娶妻的日子，西门豹到河上游去和他们见面。三老、官吏、富豪、里长、父老乡亲都来了。聚集观看的有几千人。那个大巫师，是一个老年女子，有十名女弟子跟在她身后。西门豹说："叫河伯的妻子过来。"见到了女子，西门豹回头对三老、巫婆及父老乡亲们说："这个女子不好，麻烦大巫师帮忙去河里报告河伯，我们要找更好的女子，后天送来。"然后就命令吏卒一起抱起大巫师，把她扔进了河里。过了一会儿，西门豹说："老太太怎么这么久啊？弟子催一下吧！"又投了一个弟子进河里。过了一会儿，西门豹说："弟子怎么也这么久？"于是又让一个弟子去催促，总共投下去三个弟子。西门豹说："都是女子，不能说清楚事情。麻烦三老帮忙进去说明这件事。"又把三老投进河里去。西门豹把毛笔插于冠，身体像石磬一样鞠躬作揖，礼仪完备，恭敬地对着河站立，等待着，很长时间过去了，旁边看着的人都很惊恐。西门豹回头说："巫师、三老不回来回报，怎么办呢？"又想让廷掾和一个富豪去河里催促；两个人头都磕到流血，脸上颜色如死去一样灰白。西门豹说："那就再等一会儿吧。"又等了一会儿，西门豹说："廷掾起来吧，河伯不娶妻了！"邺县官吏和民众都极为惊恐，从此不敢再说河伯娶妻。

给河伯娶妻可以免于水患，名头很大。愚昧的民众被这个说法迷惑很久了，直接驳斥这件事是假的，人们肯定不会相信。只有亲自前去，做出插笔备礼、躬身以待的恭敬模样，使众人明白河伯不灵验，而之前行骗的人因为怕死而无计可施，即使驱赶他们去为河伯娶妻，他们也不敢了，然后这个弊端就可以永远革除了。

张　田

张田①知广州。广旧无外郭，田始筑东城，赋功五十万。役人相惊以白虎夜出。田迹知其伪，召逻者戒曰："今日有白衣出入林间者，谨捕之。"如言而获。

嘉靖中，京师有物夜出，毛身利爪，人独行遇之，往往弃所携物骇而走。督捕者疑其伪，密遣健卒诈为行人，提衣囊夜行。果复出，掩之，乃盗者蒙黑羊皮，着铁爪于手，乘夜恐吓人以取财也。近日苏郡城外夜有群火出林间或水面，聚散不常，哄传鬼兵至，愚民鸣金往逐之；亦有中刺者，旦视之，蒮人也。所过米麦一空，咸谓是鬼摄去，村中先有乞食道人传说其事，劝人避之。或疑此道人乃为贼游说者，度鬼火来处，伏人伺而擒之，果粮船水手所为也。搜得油纸筒，即水面物。众嚣顿息。

注释

①张田：字公载，澶渊人，北宋神宗熙宁初年龙图阁学士，也曾到广州任知府。苏轼曾经读他的书，评价他是清廉之吏。

译文

张田任广州知府。广州以前没有外城，张田到任后开始修筑东城，征集五十万的徭役工。服徭役的人互相惊扰，说晚上有白虎出现。张田知道是假的，召来巡逻的人说："今天要是有穿白衣的在树林中出入，小心地逮捕他。"就像张田所说，果然抓到了。

嘉靖年间，京城里夜晚有东西出来，身上长毛，爪子锋利，一个人独自走时就会遇到它，人往往被吓得丢掉身上带的东西逃走。负责抓捕的人怀疑这事是假的，于是秘密派遣健壮的兵卒假装行人，夜里提着衣服包裹行走。怪物果然又出现，士卒抓住了它，原来是强盗蒙着黑羊皮、戴着铁爪，趁夜里吓唬人以抢夺财物。最近苏州城外夜里有一丛丛火光在树林里或水面上出现，聚散没有规律，人们都传说是鬼兵来了，有愚昧的民众敲着锣去追赶；也有被剌中的，白天一看，是稻草做的假人偶。他们经过的地方，米和麦子都被一扫而空，都说是被鬼掠走了。村里开始有乞讨的道人来传扬这件事，劝说人们避开。有人怀疑这个道人是为盗贼造舆论的，于是猜测鬼火要出现的地方，在那里埋伏好人等待，伺机抓住他们，果然是运粮船上的水手干的。搜出来了油纸筒，就是水面上漂着的东西，众人的谣传立刻平息了。

明智部　经务卷八

中流一壶，千金争挈。
宁为铅刀，毋为楮叶。
错节盘根，利器斯别。
识时务者，呼为俊杰。
集《经务》。

平　籴

李悝[①]谓文侯[②]曰："善平籴[③]者，必谨观岁。有上、中、下熟：上熟其收自四，余四百石；中熟自三，余三百石；下熟自一，余百石；小饥则收百石，中饥七十石，大饥三十石。故上熟则上籴三而舍一，中熟则籴二，下熟则籴一，使民适足，价平则止。小饥则发小熟之所敛，中饥则发中熟之所敛，大饥则发大熟之所敛而籴。故虽遭饥馑水旱，籴不贵而民不散，取有余而补不足也。"行之魏国，国以富强。

此为常平义仓之说，后世腐儒乃以尽地力罪悝。夫不尽地力而尽民力乎？无怪乎讳富强，而实亦不能富强也。

注释

①李悝（kuī）：嬴姓，李氏，名悝，魏国政治家。②文侯：姬姓，魏氏，名斯（一名都），战国时魏国开国君主。③平籴（dí）：由官方在丰收时买米粮储存，预备荒年时发售，以稳定粮食价格。

译文

李悝对魏文侯说："善于使用平籴法的人，必须很谨慎地观察年景收成。一般年景收成可以分为上熟、中熟、下熟三等：上熟收成是平时的四倍，一家可剩余四百石粮食；中熟收成是平时的三倍，剩余三百石粮食；下熟收成是平时的两倍，剩余二百石粮食。小饥之年收一百石粮食，中饥之年收七十石粮食，大饥之年收三十石粮食。所以在上熟之年，政府收三百石，留给农家一百石，中熟时收二百石，下熟时收一百石，使百姓粮食够用，价格又能保持平稳。小饥之年就出售小熟之年收购的粮食，中饥时出售中熟之年收购的粮食，大饥时出售大熟之年收购的粮食。所以即使遭遇饥荒、水旱灾害，米价不会太贵而且百姓也不会流离失所，这是用有余来补充不足的道理。"这种方法在魏国施行，魏国得以富强。

这就是设常平仓的道理，后世有一些迂腐的人说这种方法会使土地的潜力消耗殆尽，并来怪罪李悝。不耗尽土地潜力难道要耗尽民力吗？难怪他们忌讳谈富强，实际上是他们不能让国家富强罢了。

抚流民

富郑公①知青州。河朔大水，民流就食，弼劝所部民出粟，益以官廪，得公私庐室十余区，散处其人，以便薪水②。官吏自前资、待缺、寄居者，皆赋以禄，使即民所聚，选老弱病瘠者廪之，仍书其劳，约他日为奏请受赏。率五日，遣人持酒肉饭糗③慰籍，出于至诚，[边批：要紧。]人人为尽力。山林陂泽之利，可资以生者，听流民擅取，死者为大冢埋之，目曰丛冢。明年，麦大熟，民各以远近受粮归，募为兵者万计。帝闻之，遣使褒劳。前此救灾者皆聚民城郭中，为粥食之，蒸为疾疫，或待哺数日，不得粥而仆，名救之而实杀之。弼立法简尽，天下传以为式。

能于极贫弱中做出富强来，真经国大手。

注释

①富郑公：富弼，字彦国，北宋时期政治家、文学家。②薪水：柴和水，指代生活必需品。③糗：干粮。

译文

富弼任青州知州时，黄河以北地区发生水灾，百姓逃荒到青州讨饭，富弼劝说其辖区内的人们捐出粮食，加上官府的粮仓储备，找到官府和私人的房屋十多处，分开安置百姓，以便提供柴火、水等生活用品。退休的官吏、等待补缺的官吏、暂时寄居的官吏，都给他们发放俸禄，派他们去灾民聚集的地方，给老弱病残发放粮食，而且记下他们的功劳，约定以后为他们请功，让他们受赏。大约每过五天，就派人送酒肉饭食去慰劳这些官员，富弼所作所为都是真心诚意的，[边批：这是非常关键的。]因此人人都肯竭尽全力。山林湖泽中可以利用的，可以供养活下来的灾民的，随便灾民自己取用，建筑大坟埋葬死去的人，称之为"丛冢"。第二年，麦子大丰收，灾民根据路程远近领取相应的口粮回家，被招募为兵丁的有上万人。皇帝听说了这件事，派遣使者前来慰问。以前救灾的人，把灾民都聚集在城里，做稀饭给灾民吃，人员聚集引发瘟疫，或者等了好几天，吃不到稀饭就饿死了，这是名义上救人而实际上杀人。富弼的方法简单且考虑周全，这种方法被传播到全国且被作为典范。

能在极度贫困、衰弱的情况下，实现国民富裕、强大，真是治理国家的能手啊！

钱　引

赵开①既疏通钱引②，民以为便。一日有司获伪引三十万，盗五十人，议法当死。张浚③欲从之，开曰："相君误矣！使引伪，加宣抚使印其上，即为真矣。黥其徒，使治币，是相君一日获三十万之钱而起五十人之死也。"浚称善。

不但起五十人之死，又获五十人之用，真大经济手段；三十万钱，又其小者。

注释

①赵开：字应祥，安居人，北宋元符年间进士，宋徽宗时为

成都路转运判官，总管四川财赋事宜。宋室南渡后，赵开跟随张浚治兵秦川。②钱引：宋代的一种纸币。③张浚：北宋末至南宋初年名臣、学者。

译文

　　赵开促使钱引正常流通后，百姓都认为很方便。一天，有关部门查获伪造的钱引，总共三十万的面额，抓到的五十个盗印钱引的人，按法律规定应当处死。张浚想依法处置，赵开说："大人想错了！即使钱引是假的，但加盖了宣抚使的官印之后，就是真的了。处以他们在脸上刺字的黥刑，让他们去制造钱引，这样大人一天之内就获得了三十万的钱引而且使五十个人免于死刑。"张浚说这个办法好。

　　不但使五十个人免于死刑，还得到了五十个可用的人，真是太划算的治理方法；比起这些来，三十万的钱引又是多么小的事。

苏州堤

　　苏州至昆山县凡七十里，皆浅水，无陆途。民颇病涉，久欲为长堤，而泽国艰于取土。嘉祐①中，人有献计：就水中以蘧除刍藁为墙，栽两行，相去三尺；去墙六尺，又为一墙，亦如此；漉水中淤泥，实蘧除中，候干，则以水车沃去两墙间之旧水，墙间六尺皆土，留其半以为堤脚，掘其半为渠，取土为堤；每三四里则为一桥，以通南北之水。不日堤成，遂为永利。[今娄门②塘，是也。]

①嘉祐：宋仁宗赵祯年号。②娄门：苏州东门。

　　苏州到昆山县距离一共七十里，都是浅水，没有陆上道路连通。百姓都抱怨涉水非常不便，之前很早就想修筑长堤，但是沼泽地带取土很艰难。嘉祐年间，有人提出一个办法：就用水中的芦苇、干草编成墙，立起两行，相距三尺；距离这面草墙六丈远，再建一面墙，做法和前面一样；把水中的淤泥沥干，填充到草墙中，等淤泥干了，就用水车抽去两面墙之间原有的水，那么两面墙之间六尺宽的地方就都是土了，留一半作为长堤的地基，另外一半挖成水渠，挖水渠取出来的土筑成堤坝；每隔三四里造一座桥，以便沟通南面和北面的水。不久堤坝修成了，成为利益长远的工程。[如今的娄门塘，就是这样的工程。]

叶石林

　　叶石林①[梦得]在颍昌②，岁值水灾，京西尤甚，浮殍自唐、邓入境，不可胜计，令尽发常平所储以赈。唯遗弃小儿，无由处之。一日询左右曰："民间无子者，何不收畜？"曰："患既长或来识认。"叶阅法例：凡伤灾遗弃小儿，父母不得复取。[边批：作法者其虑远矣。]遂作空券数千，具载本法，即给内外厢界保伍。凡得儿者，皆使自明所从来，书券给之，官为籍记，凡全活三千八百人。

注释

①叶石林：名梦得，字少蕴，号石林，宋绍圣年间进士，历任翰林学士、户部尚书、江东安抚大使等官职。作为南渡词人代表人物，开南宋前半期以"气"入词的词坛新路。②颍昌：即许州，今河南省许昌。

译文

叶石林［名梦得］在颍昌任职时，正赶上水灾，京城西边灾情尤其严重，很多浮在水上的尸体从唐县、邓州一带漂过来，数量数不过来，于是叶石林命令把常平仓储存的粮食都拿出来救济灾民。只有被遗弃的孩子没有办法安置。一天，叶石林问左右的人："民间没有孩子的人，为什么不收养他们呢？"左右的人说："担心孩子长大以后，可能又有人来认领回去。"叶石林找到这样的法例：凡是因为灾害而被遗弃的孩子，父母不能再认回去。［边批：立法的人考虑得深远啊。］于是制作数千份空白的契券，上面都写上了这条法令，发给城内外的保长、伍长。凡是领养小孩的，都让他们自己说明从哪儿得来的，写在契券后发给领养人，官府也造册登记，这样一共救活了三千八百个孩子。

察智部 得情卷九

口变缁素，权移马鹿。
山鬼昼舞，愁魂夜哭。
如得其情，片言折狱。
唯参与由，吾是私淑。
集《得情》。

唐御史

李靖为岐州刺史，或告其谋反，高祖命一御史案之。御史知其诬罔，[边批：此御史恨失其名。]请与告事者偕。行数驿，诈称失去原状，惊惧异常，鞭挞行典^①，乃祈求告事者别疏一状。比验，与原状不同，即日还以闻，高祖大惊，告事者伏诛。

注释

① 行典：管理行装之类物品的人。

　　李靖当岐州刺史时，有人举报他谋反。唐高祖李渊命令一位御史来审理此案。御史知道李靖是被诬告的，[边批：很遗憾散失了这位御史的姓名。]就请求和举报者一起走。过了几个驿站后，御史假称状纸丢了，表现出异常惊恐的样子，鞭打管理行装的官吏，然后请求举报人再另外写一张状子。御史比较验证，发现与原来的状纸写得不一样，当天就回到京城报告，唐高祖听到后大为吃惊，举报的人依法被诛杀。

王　佐

　　王佐①守平江，政声第一，尤长听讼。小民告捕进士郑安国酒。佐问之，郑曰："非不知冒刑宪，老母饮药，必酒之无灰者。"佐怜其孝，放去，复问："酒藏床脚笈中，告者何以知之？岂有出入而家者乎？抑而奴婢有出入者乎？"以幼婢对，追至前得与民奸状，皆仗脊遣。闻者称快。

注释

　　① 王佐：字宣子，号敬斋，南宋绍兴年间进士，曾任承事郎、签书平江军节度判官厅公事、平江知府、工部尚书等职。

译文

　　王佐在平江任职的时候，当政的名声很好，尤其擅长断案。有一个百姓状告进士郑安国酿酒。王佐询问郑安国，郑安国说："不是不知道造酒违犯法令，只是老母亲吃药，必须用没有沉渣的酒送服。"王佐被郑安国的孝心感动，就要放了他，随即又问他："酒藏在床脚的书箱里，告发你的人怎么知道的呢？难道有出入你家的人？或者是奴婢里有谁出入的？"郑安国说有小奴婢进出，追究到底，发现小奴婢与告发者狼狈为奸的情况，于是将两人处以杖刑。听说这件事的人都拍手称快。

杨评事

　　湖州赵三与周生友善，约同往南都^①贸易。赵妻孙不欲夫行，已闹数日矣。及期黎明，赵先登舟，因太早，假寐舟中。舟子张潮利其金，潜移舟僻所沉赵，而复诈为熟睡。周生至，谓赵未来，候之良久，呼潮往促。潮叩赵门，呼"三娘子"，因问"三官何久不来？"孙氏惊曰："彼出门久矣，岂尚未登舟耶！"潮复周，周甚惊异，与孙分路遍寻，三日无踪。周惧累，因具牍呈县。县尹疑孙有他故，害其夫。久之，有杨评事^②者阅其牍曰："叩门便叫三娘子，定知房内无夫也！"以此坐潮罪，潮乃服。

注释

　　① 南都：明朝南京。② 评事：官职名，掌管刑狱。

译文

　　湖州赵三与周生关系好，约定一同到南京做生意。赵妻孙氏不想丈夫去，已经闹了好几天了。出发那天清晨，赵三先上了船，因为时间太早，便在船中小睡。船夫张潮看上了他的钱，悄悄将船划到偏僻的地方，将赵三沉入水中，然后回到原处装作睡得很熟。周生到了，张潮说赵三还没来，周生等了很久，叫张潮前去催促赵三。张潮到赵家敲门，喊"三娘子"，又问："赵三怎么这么久还没来？"孙氏吃惊地说："他已经出门很久了，难道还没有上船吗？"张潮去回复周生，周生十分惊讶，与孙氏分头到处去找，三天都没找到赵三踪影。周生担心被连累，于是写了文书交到县衙。县官怀疑孙氏有其他什么缘故，害死了她的丈夫。很久之后，有位杨评事看了案卷说："敲门就叫三娘子，一定知道房间里没有她的丈夫啊！"由此查实张潮杀人，张潮这才伏法。

李若谷

李若谷 [1] 守并州，民有讼叔不认其为侄者，欲擅其财，累鞫不实。李令民还家殴其叔，叔果讼侄殴逆，因而正其罪，分其财。

注释

① 李若谷：字子渊，宋太宗时进士，历经宋太宗、真宗、仁宗三朝，官至资政殿大学士、吏部侍郎，以太子少傅致仕，追赠为太子太傅，谥号"康靖"。

译文

李若谷守并州时，有人控告叔叔不认他为侄子，想要霸占他的财产，审了好几次都没找到证据。李若谷于是命令此人回家去打他的叔叔，他的叔叔果然来告侄子殴打、忤逆长辈，因而确定叔叔的罪责，把他的财产分给了侄子。

张齐贤

戚里①有分财不均者，更相讼。齐贤②曰："是非台府所能决，臣请自治之。"齐贤坐相府，召讼者问曰："汝非以彼分财多、汝分少乎？"曰："然。"具款③，乃召两吏，令甲家入乙舍，乙家入甲舍，货财无得动，分书则交易。明日奏闻，上曰："朕固知非君不能定也！"

注释

①戚里：外戚。②齐贤：字师亮，宋太平兴国年间进士，前后为相二十余年，对北宋初期政治、军事、外交都做出了极大贡献。史称其"四践两府、九居八座，晚岁以三公就第，康宁福寿，时罕其比"。③款：签名。

译文

有外戚认为财产分配不均，于是互相控告。张齐贤对皇帝说："这不是下边官府能解决的，臣自荐去处理这件事。"张齐贤坐在宰相府，召互相控告的人前来，问："你们是不是认为对方分得的财产多，自己分得的财产少？"他们回答说："是的。"张齐贤便让他们在供词上签名，再找两名官吏监督，让甲家搬入乙家宅子，让乙家搬入甲家的宅子，所有的财物都不能动，分配财物的文书则交换一下。第二天奏报给皇帝，皇帝说："我就知道不是你这件事就解决不了。"

张三翁

　　有富民张氏子，其父死，有老父曰："我，汝父也，来就①汝居。"张惊疑，请辩于县，程颢诘之，老父探怀取策以进，记曰："某年某月日某人抱子于三翁家。"颢问张及其父年几何，谓老父曰："是子之生，其父年才四十，已谓之三翁②乎？"老父惊服。

注释

　　① 就：接近，凑近。② 翁：老年男性。

译文

　　有个张姓富翁的儿子，父亲去世了，有个老年男子来说："我，是你的父亲，来和你一起住。"张某很震惊、疑惑，于是到县官面前请求辨别。程颢反问老年男子，老年男子从怀里拿出文书递给程颢，文书上面写着："某年某月某日，某人把儿子抱到张三翁家。"程颢询问张某和他父亲的年纪后，对老年男子说："这个孩子出生时，他父亲才四十岁，已经称呼他为三翁了吗？"老年男子惊慌地认罪了。

察智部 诘奸卷十

王轨不端，司寇溺职。

吏偷俗弊，竞作淫慝。

我思老农，剪彼蟊贼。

摘伏发奸，即威即德。

集《诘奸》。

虞 诩

朝歌[①]贼宁季[②]等数千人攻杀长吏，屯聚连年，州郡不能禁，乃以诩为朝歌长[③]。始到，谒河内太守马棱，愿宽假辔策[④]，勿令有所拘阂[⑤]。〔边批：要紧。〕及到官，设三科以募壮士，自掾史而下，各举所知：其攻劫者为上，伤人偷盗者次之，不事家业者为下。收得百余人，诩为飨会，悉贳其罪，使入贼中，诱令劫掠，乃伏兵以待之，遂杀贼数百人。又潜遣贫人能缝者佣作贼衣，以彩线缝其裾为识，有出市里者，吏辄擒之，贼由是骇散。

①朝歌：今河南省淇县。②宁季：农民，朝歌人。东汉安帝永初年间，率领农民数千人起义。③以诩为朝歌长：当时虞诩反对大将军邓骘放弃凉州，二人结仇，邓骘欲置虞诩于死地，于是虞诩被任命为朝歌县长。④辔策：马辔和马鞭，意指约束。⑤拘阂：阻碍、阻挠。阂同"碍"。

译文

在朝歌作乱的反贼宁季率领几千人攻击、杀害地方官员，聚集屯兵好多年，当地州郡无法制止，于是任命虞诩为朝歌县令。虞诩刚到当地，就去拜访河内太守马棱，希望马棱能放松约束，不要让人阻挠他。[边批：很重要。]等到上任之后，虞诩按照三种标准招募壮士，并且要求属官们都举荐自己所认识的这样的人：那些攻击、掠夺的是上等，打伤人、偷东西的为中等，不事生产、荒废家业的为下等。一共招募了一百多人，虞诩设盛宴款待他们，全都赦免他们的罪，要他们加入反贼营中，诱使反贼出营抢掠，虞诩则埋伏好士兵等待着他们，于是杀了反贼数百人。虞诩又暗地里派会缝制衣服的穷人，接受贼人的雇用、为他们缝制衣服，他们用彩色的线缝在贼人的衣襟上作为记号，有穿这种衣服到街上的贼人，官兵就抓住他们，贼人从此惊骇四散。

京师指挥

京师有盗劫一家，遗一册，且视之，尽富室子弟名。书曰："某日某甲会饮某地议事"，或"聚博挟娼"云云，凡二十条。以白于官，按册捕至，皆跅弛少年也，良以为是。各父母谓诸儿素不逞，亦颇自疑。及群少饮博诸事悉实，盖盗每侦而籍之也。少年不胜榜毒，诬服。讯赃所在，浪言埋郊外某处，发之悉获。诸少相顾骇愕云："天亡我！"遂结案伺决。一指挥疑之而不得其故，沉思良久，曰："我左右中一髯，职隶马耳，何得每讯斯狱辄侍侧？"因复引囚鞫数四，察髯必至，他则否。猝呼而问之，髯辞无他。即呼取炮烙①具，髯叩头请屏左右，乃曰："初不知事本末，唯盗赂奴，令每治斯狱，必记公与囚言驰报，许酬我百金。"乃知所发赃，皆得报宵瘗之也。髯请擒贼自赎，指挥令数兵易杂衣与往，至僻境，悉擒之，诸少乃得释。

成化中，南郊事②竣，撤器，失金瓶一。有庑人执事瓶所，捕之系狱，不胜拷掠，竟诬服。诘其赃，谬曰："在坛前某地。"如言觅之，不获，又系之，将毙焉。俄真盗以瓶系金丝鬻于市，市人疑之，闻于官，逮至，则卫士也。招云："既窃瓶，急无可匿，遂瘗于坛前，只掘取系索耳。"发地，果得之，比庑人谬言之处相去才数寸。使前发者稍广咫尺，则庑人死不白矣，岂必骖马髯在侧乃可疑哉！讯盗之难如此。

注释

① 炮烙：古代酷刑，将烧红的铜、铁刑具烫在受刑者身上。
② 南郊事：祭天典礼。古时候帝王在都城南郊祭祀上天。

译文

　　有盗贼劫掠了京城一户人家，留下一本册子。失主天亮后打开册子看，里面记录的都是富家子弟的名字，写着"某日某甲与人在某地见面饮酒，商量事情"，或是"赌博召妓"等等，一共二十条。失主将册子送到官府，官府按册子抓人，抓到后发现都是不务正业的年轻人，官府认为他们就是盗匪。年轻人的父母们知道自己的孩子平时就不争气，自己心里也疑心他们犯了罪。那群少年喝酒聚赌召妓等事都被证实，原来是盗贼把每件事都据实记录了。年轻人们受不了酷刑，都被迫承认有罪。问他们赃物在哪儿，他们随意说埋在郊外某个地方，官府派人去挖，果然都挖到了赃物。诸位年轻人惊骇地互相望着说："这是天要我们死啊！"于是结案，等待处决。一个指挥使有所怀疑，却想不到原因，他沉思了很久，说："在我身边有一个大胡子，负责养马的人，为什么每次审这个案子他都待在旁边呢？"于是他又四次召来犯人们审问，发现每次大胡子都出现，其他案子则没有出现。指挥使突然喊住他，询问原因。大胡子马夫说没什么原因。于是指挥使叫人取来炮烙刑具，大胡子马夫跪下磕头并要求屏退旁人，才说："我原来不清楚前因后果，只是那强盗贿赂我，让我在您每次审问这个案子的时候，一定要记下大人和囚犯们的话，然后飞快地去告诉他们，他们许诺给我百金做酬劳。"指挥使这才知道，之前取出的赃物，都是盗贼得到消息后连夜去埋藏的。大胡子马夫自请抓住贼人赎罪，于是指挥使命令几个士兵换上便衣和马夫一同前往，到了僻静处，将贼人全部抓获，诸位富家少爷才得以释放。

明朝成化年间，皇帝祭天的典礼结束之后，收拾祭器时，发现丢了一只金瓶。有名厨子在摆设金瓶的地方做事，于是抓捕他投入监狱，他禁受不住严刑拷问，竟然被迫承认了罪行。拷问他赃物在哪里，厨子编造说："在祭坛前的某个地方。"按照他说的地方去找，没有找到，又拷问他，厨子就快要死了。不久真的盗贼把系在瓶子上的金丝拿到市场上去卖，市场上的人觉得可疑，就报告给官府，官府抓到他，原来是祭天时负责守卫的士兵。士兵招供说："偷到瓶子后，匆忙之间没有地方可藏，于是就埋在祭坛前面，只折断了瓶子上系着的金丝。"挖开他说的地方，果然找到了瓶子，这距离厨子编造的地方只有几寸。假如当初挖掘瓶子的人再挖宽几尺，那么厨子的冤屈到死都无法辩白了，难道一定有养马人在旁边才可疑吗！侦破盗窃案件就是这样难。

陈　襄

襄①摄浦城令，民有失物者，贼曹捕偷儿数辈至，相撑拄。襄曰："某庙钟能辨盗，犯者扪之辄有声，否则寂。"乃遣吏先引盗行，自率同列诣钟所，祭祷而阴涂以墨，蔽以帷，命群盗往扪。少焉呼出，独一人手不污。扣②之，乃盗也。盖畏钟有声，故不敢扪云。

按襄倡道③海滨④，与陈烈、周希孟、郑穆为友，号"四先生"云。

注释

①襄：陈襄，字述古。北宋庆历年间进士，宋仁宗、神宗时期名臣，理学家、"海滨四先生"之首。②扣：审问。③倡道：宣讲孔孟之道。④海滨：福建沿海地区。陈襄、陈烈、周希孟、郑穆都是福建侯官人。

译文

陈襄代理浦城县令时，有百姓丢了东西，差役抓了一些年龄不一的小偷，小偷们互相推诿、抵赖。陈襄说："有座庙里有一个能分辨小偷的钟，偷东西的人摸了钟，钟就会发出声音，如果没有偷东西，钟就不响。"陈襄于是派吏卒带着小偷们先走，他自己带领官员们到大钟所在的地方，名为祭祀、祝祷，实际上偷偷在钟上涂满墨汁，又用帷幕遮住，然后命小偷们把手按在钟上。不久之后叫他们出来，只有一个人手上没有污迹。审问他，果然是偷东西的人。原来他害怕钟会出声，所以不敢把手按在钟上。

陈襄在福建沿海宣讲孔孟之道，与陈烈、周希孟、郑穆是好朋友，当时人们叫他们"四先生"。

盗牛舌

包孝肃①知天长县，有诉盗割牛舌者，公使归屠其牛鬻之。既有告此人盗杀牛②者，公曰："何以割其家牛舌，而又告之？"盗者惊伏。

注释

①包孝肃：包拯，字希仁，北宋政治家，谥"孝肃"，有"包青天"之名。②盗杀牛：那时私自屠杀耕牛有罪。

译文

包拯任天长县知县时，有人向官府报案，说他家牛的舌头被人偷偷割掉了，包公让他回去把牛杀掉，然后拿到市场上出售。很快就有人来告发牛的主人，说他私屠耕牛，包公说："你为什么割掉人家牛的舌头，还来告发他？"偷着割牛舌的人惊恐地认罪了。

胆智部 威克卷十一

履虎不咥，鞭龙得珠。
岂曰溟滓，厥有奇谋。
集《威克》。

班 超

窦固[①]出击匈奴，以班超[②]为假司马[③]，将兵别击伊吾，战于蒲类海[④]，多斩首虏而还。固以为能，遣与从事郭恂俱使西域。超到鄯善[⑤]，鄯善王广奉超礼敬甚备，后忽更疏懈。超谓其官属曰："宁觉广礼意薄乎？此必有北虏使来，狐疑未知所从故也。明者睹未萌，况已著耶！"乃召侍胡，诈之曰："匈奴使来数日，今安在？"侍胡惶恐，具服其状。

超乃闭侍胡，悉会其吏士三十六人，与共饮。酒酣，因激怒之曰："卿曹与我俱在西域，欲立大功以求富贵。今虏使到数日，而王广礼敬即废。如令鄯善收吾属送匈奴，骸骨长为豺狼食矣！为之奈何？"官属皆曰："今危亡之地，死生从司马！"超曰："不入虎穴，焉得虎子！当今之计，独有因夜以火攻虏，使彼不知我多少，必大震怖，可殄尽也！灭此虏，则鄯善破胆，功成事立矣！"众曰："当与从事议之。"超怒曰："吉凶决于今日，从事文俗吏，闻此必恐而谋泄，死无所名，非壮士也。"众曰："善。"初夜，遂将吏士往奔虏营，〔边批：古今第一大胆。〕会天大风，超令十人持鼓，藏虏舍后，约曰："见火然后鸣鼓大呼。"余人悉持弓弩，夹门而伏。〔边批：三十六人用之有千万人之势。〕超乃顺风纵火，前后鼓噪。虏众惊乱。超手格杀三人，吏兵斩其使及从士三十余级，余众百许人，悉烧死。

明日乃还告郭恂，恂大惊，既而色动。超知其意，举手曰："掾虽不行，班超何心独擅之乎？"恂乃悦。超于是召鄯善王广，以虏使首示之，一国震怖。超晓告抚慰，遂纳子为质，还奏于窦固。固大喜，具上超功效，并求更选使使西域。帝壮超节，诏固曰："吏如班超，何故不遣而更选乎？今以超为军司马，令遂前功。"超复受使，〔边批：明主。〕因欲益其兵，超曰："愿将本所从三十余人足矣！如有不虞，多益为累。"

是时于阗王广德新攻破莎车⑥，遂雄张南道，而匈奴遣使监护其国。超既西，先至于阗。广德礼意甚疏，且其俗信巫，巫言神怒："何故欲向汉？汉使有骊马⑦，急求取以祠我！"广德乃遣使就超请马。超密知其状，报许之，而令巫自来取马。有顷，巫至，超即斩其首以送广德，因辞让之。广德素闻超在鄯善诛灭虏使，大惶恐，即攻杀匈奴使而降超。超重赐其王以下，因镇抚焉。

必如班定远⑧，方是满腹皆兵，浑身是胆！赵子龙⑨、姜伯约⑩不足道也。

辽东管家庄，长男子不在舍，建州虏⑪至，驱其妻子去。三数日，壮者归，室皆空矣。无以为生，欲佣工于人，弗售。乃谋入虏地伺之，见其妻出汲，密约夜以薪积舍户外焚之，并积薪以焚其屋角。火发，贼惊觉，裸体起出户，壮者射之，贼皆死。挈其妻子，取贼所有归。是后他贼惮之，不敢过其庄云。此壮者胆勇，一时何减班定远？使室家无恙，或佣工而售，亦且安然不图矣。人急计生，信夫！

注释

　　① 窦固：字孟孙，东汉时期名将。年少时娶光武帝刘秀之女涅阳公主，被拜为黄门侍郎，后世袭父亲的爵位显亲侯。东汉明帝永平十六年（73年），以奉车都尉职与耿秉等分四路出击北匈奴。② 班超：字仲升，东汉著名军事家、外交家，其长兄班固、妹妹班昭也是著名史学家。③ 假司马：代理司马。司马，军中武官，为大将军、将军、校尉的属官。假，代理，未正式任命。④ 蒲类海：今新疆哈密北的巴里坤湖。⑤ 鄯善：西域古国名，在今新疆东南部。⑥ 莎车：西域古国名，在于阗西北，今莎车地区。⑦ 骢马：黑嘴的黄马，也指浅黄毛的马。⑧ 班定远：班超被封定远侯，世称"班定远"。⑨ 赵子龙：赵云，字子龙，三国时蜀国名将。⑩ 姜伯约：姜维，字伯约，三国时蜀国名将。⑪ 建州虏：建州女真。明朝设置建州卫，女真人居住在该地。明朝后期经常袭扰明朝边境。

译文

　　东汉窦固远征匈奴时，命班超为代理司马，率领部队另外攻打伊吾，其与匈奴军大战于蒲类海，斩杀、俘虏了很多匈奴人后归来。窦固认为班超有能力，于是派他与从事郭恂一同出使西域。班超到鄯善国，鄯善王广用十分完备、恭敬的礼节招待他们，但是后来忽然变得冷淡懈怠了。班超对他下面的官吏兵士说："难道不觉得鄯善王广的礼节和敬意淡薄了吗？这一定是北匈奴的使节来了，鄯善王心中犹疑，不知道顺从谁的缘故。明智的人能看到还没有萌发的趋势，何况已经这么明显了！"于是班超召来鄯善国侍者，用假话引诱他说："匈奴的使者来了好几天了，现在在哪里呢？"鄯善国侍者很惊慌，把事情都说了。

班超把鄯善国侍者关押起来，召集所有部下官吏兵士三十六人，和他们一起喝酒。喝到正高兴的时候，班超趁机激怒他们说："大家和我都在西域，想要立大功以变得富贵。如今匈奴使者到了好几天，鄯善王广对我们的礼仪敬意就懈怠了。假如鄯善国把我们抓起来送给匈奴，我们的骨头都要被豺狼吃掉了！应该怎么办呢？"官吏兵士们都说："现在我们身处要命的境地，是生是死都听司马的！"班超说："不进入老虎的巢穴，得不到老虎的孩子！现在的办法，就是趁着夜里用火攻击匈奴使者，让他们不知道我们有多少人，他们一定会大为震惊、害怕，我们就可以把他们一举消灭了。消灭这些匈奴人，那么鄯善国就会吓破胆，功业可成大事可立！"大家说："应当与从事郭恂商量一下。"班超发怒说："是吉是凶就取决于今天，从事是平常的文官，他听说这件事必定会害怕，我们的计谋也会泄露，那么我们就死得寂寂无闻，不是壮烈好汉了！"大家说："对！"入夜时分，班超便带领随员一起奔向匈奴营地。〔边批：古往今来胆子最大的人。〕当时天上正刮大风，班超让十个人拿着鼓，藏在匈奴人的房屋后面，约定说："看见起火了就敲鼓大喊。"其他人都拿着弓弩，在门两侧埋伏。〔边批：把三十六人用得有千万人的气势。〕班超于是顺着风向放火，官吏兵士前后一起敲鼓喊杀。匈奴众人陷入惊慌混乱。班超亲手杀了三个人，官吏兵士杀了匈奴使者及其随从三十多个，其余一百多人，都烧死了。

第二天回来报告郭恂，郭恂很吃惊，接着脸色大变。班超知道他的意思，举起手说："您虽然没去，但班超怎么会有独自居功的心思？"郭恂这才高兴了。班超于是召见鄯善国王广，把匈奴使者的头给他看，鄯善国上下都感到震惊、恐怖。班超对鄯善王进行解释并加以抚慰，于是鄯善王派出王子为质子，班超等回去后奏报给窦固。窦固非常喜悦，详细上奏了班超的功劳，并请求另选使者出使西域。皇帝表彰了班超的胆略，写诏书给窦固说："像班超这样的官员，为什么不派他，却要再选别人呢？现在让班超担任军司马，让他继续完成前面的功业。"班超再次接受使命，［边批：明智的君主。］窦固还想增加他属下的士兵，班超说："我请求带领原来跟随我的三十多人，这些人就足够了！如果发生意想不到的事，人多反而更麻烦。"当时于阗王广德刚攻占了莎车，于是雄心勃勃向南扩展势力，而匈奴派来使者监管他们的国家。班超到了西域，先去了于阗。于阗王广德礼节和敬意十分淡薄，而且他们习惯信奉巫师，巫师说神发怒了："为什么想投靠汉朝？汉朝的使者有淡黄色毛的马，赶紧去要来以献祭给我！"广德于是派人去班超那里要马。班超暗自了解了这一情况，跟他们说可以给他们马，但是要巫师亲自来取马。过了一段时间，巫师来了，班超立即砍掉他的头去送给广德，并且借这件事责备对方。广德早就听说班超在鄯善国杀光了匈奴使者，十分惊慌、恐惧，立刻杀了匈奴使者后投降了班超。班超赐给广德以及其属下贵重的礼物，借此震慑、抚慰他们。

　　只有班超这样的，才称得上满腹计策，浑身是胆。至于三国时候的赵子龙、姜伯约都不值得说了。

　　辽东管家庄，有一家男人不在家，建州强盗来到，掳走了他的妻子、孩子。几天后，男人回来，发现家里屋子都空了。他没有什么可维持生计的东西，想要去给别人当佣工，没有人雇用他。于是他计划到强盗那里等机会，见到他的妻子出来打水，就跟她秘密约定夜里在房子外面堆起柴火放火，并且堆放柴火烧强盗房子的一角。火烧起来，贼人受惊发觉，没穿衣服就跑出房子，男人用箭射他们，贼人都被杀死了。男人带着他的妻子和孩子，拿了贼人所有的东西，回到了家乡。之后其他贼人害怕他，不敢再到他的庄子。这位壮士的胆略和勇气，当时比班定远少吗？假使他家园没有事，或者被人雇用为佣工，也可能因为生活安逸而不想做什么。人遇到危急情况就会想出计策，确实是这样啊！

温 造

宪宗①时，戎羯乱华，诏下南梁起甲士五千人，令赴阙下。将起，师人作叛，逐其帅，因团集拒命岁余。宪宗深以为患。京兆尹温造请以单骑往。至其界，梁人见止一儒生，皆相贺无患。及至，但宣召敕安存，一无所问。然梁师负过，出入者皆不舍器杖，温亦不诫之。他日毬场中设乐，三军并赴。令于长廊下就食，坐宴前临阶南北两行，设长索二条，令军人各于向前索上挂其刀剑而食。酒至，鼓噪一声，两头齐力抨举其索，则刀剑去地三丈余矣。军人大乱，无以施其勇，然后合户而斩之。南梁人自尔累世不复叛。

注释

①宪宗：唐宪宗。据载，温造平乱之事发生在唐文宗太和四年（830 年），此处写唐宪宗，是文字有误。

译文

唐文宗时，戎羯等纷纷作乱，皇帝下诏让南梁征集士兵五千人，命令他们赶赴京城。军队将要出发的时候，士兵发生叛乱，赶走了统帅，并聚集在一起抗命一年多的时间。唐文宗深切地认为这是个隐患。京兆尹温造请求一个人骑马前往。到了边界，南梁士兵看见是个读书人，都互相祝贺说没什么可担心的了。到了营地后，温造只是宣读皇帝的诏书并安抚他们，其他的事情都没问。然而南梁的士兵自觉有错，出入的人都不放下武器，温造也没有禁止他们的行为。有一天温造在毬场中设宴，所有士兵都去参加。温造让他们在长廊下吃饭，士兵的座位前面对着台阶的南北方向上，设置了两根长绳，温造命士兵们都把刀剑挂在前面长绳上再吃饭。酒喝到一定程度，鼓响一声，两头用力拉紧长绳，于是那些刀剑都弹出去三丈多高。梁兵大乱，没办法施展其武勇，然后温造关上门，杀了他们。从这儿开始，南梁好几代人都不再叛乱了。

胆智部 识断卷十二

智生识，识生断。

当断不断，反受其乱。

集《识断》。

寇 准

契丹寇澶州[1]，边书告急，一夕五至，中外震骇。寇准[2]不发，饮笑自如。真宗闻之，召准问计。准曰："陛下欲了此，不过五日。[边批：大言。]愿驾幸澶州。"帝难之，欲还内。准请毋还而行，乃召群臣议之。王钦若[3]临江人，请幸金陵；陈尧叟[4]阆州人，请幸成都。准曰："陛下神武，将臣协和，若大驾亲征，敌当自遁，奈何弃庙社远幸楚、蜀？所在人心崩溃，敌乘势深入，天下可复保耶？"帝乃决策幸澶州。准曰："陛下若入宫，臣不得到，又不得见，则大事去矣！请毋还内。"驾遂发，六军、有司追而及之。临河未渡，是夕内人相泣。上遣人睨准，方饮酒鼾睡。明日又有言金陵之谋者，上意动。准固请渡河，议数日不决。准出见高烈武王琼[5]，谓之曰："子为上将，视国危不一言耶？"琼谢之，乃复入，请召问从官，至皆嘿然。上欲南下。准曰："是弃中原也！"又欲断桥因河而守，准曰："是弃河北也！"上摇首曰："儒者不知兵！"准因请召诸将，琼至，曰："蜀远，钦若之议是也。上与后宫御楼船，浮汴而下，数日可至。"众皆以为然，准大惊，色脱。琼又徐进曰："臣言亦死，不言亦死，与其事至而死，不若言而死。今陛下去都城一步，则城中别有主矣。吏卒皆北人，家在都下，将归事其主，谁肯送陛下者？金陵亦不可到也！"准又喜过望，曰："琼知此，何不为上驾？"琼乃大呼逍遥子⑥，准掖上以升，遂渡河，幸澶渊之北门。远近望见黄盖，诸军皆踊跃呼万岁，声闻数十里。契丹气夺，来薄城，射杀其帅顺国王挞览⑦。敌惧，遂请和。

按，是役，准先奏请：乘契丹兵未逼镇、定，先起定州军马三万南来镇州，又令河东兵出土门路会合，渐至邢、洺，使大名有恃，然后圣驾顺动。又遣将向东旁城塞牵掣，又募强壮入虏界，扰其乡村，俾虏有内顾之忧。又檄令州县坚壁，乡村入保，金币自随，谷不徙者，随在瘗藏。寇至勿战，故虏虽深入而无得。方破德清一城，而得不补失，未战而困。若无许多经略，则渡河真孤注矣。

注释

①契丹寇澶州：宋真宗景德元年（1004 年），辽国萧太后、辽圣宗发兵攻宋，其主力军攻至澶州。澶州，今河南省濮阳。②寇准：字平仲，时为同中书门下平章事（宰相）。③王钦若：字定国，临江军新喻（今江西省新余市）人，传与寇准不和。宋仁宗评价其："钦若久在政府，观其所为，真奸邪也。"④陈尧叟：时为工部侍郎。⑤高烈武王琼：高琼，宋真宗时为殿前都指挥使。⑥逍遥子：逍遥辇，宋帝王坐轿。⑦顺国王挞览：萧挞览，又称

萧挞凛，统领辽国精锐。

译文

契丹人出兵攻至澶州，边关发来告急文书，一夜之间就收到五道紧急文书，朝野震惊。寇准没什么行动，照常饮酒谈笑。宋真宗听说了，召见寇准问计策。寇准说："陛下想解决这件事，不超过五天。[边批：说大话。]希望您御驾亲临澶州。"皇帝为难，想要回到内宫。寇准请求皇帝不要回内宫，而是要直接出发，真宗于是召见群臣商议，临江人王钦若请求皇帝驾临金陵；阆州人陈尧叟请皇帝前往成都。寇准说："陛下您神圣威武，将军和大臣关系和谐，如果您御驾亲征，敌人肯定自己就退去了，为什么要舍去宗庙社稷，而到楚、蜀那么远的地方呢？如果澶州人心溃散，敌人乘势深入国土，天下还能保住吗？"皇帝于是决定前往澶州。寇准说："陛下如果回内宫去，臣进不去，也见不到您，那么事情就无法挽回了！请您不要回内宫。"皇上的车驾立即出发了，禁军、文武百官都追赶着跟上来。到了黄河边还没渡河。当天晚上后妃相对哭泣。皇帝派人去看寇准，发现他刚喝过酒，已经打鼾入睡。第二天又有人建议去金陵，皇帝心意动摇，寇准坚持请求渡河，商议了好几天都没有决断。寇准出来见到武烈王高琼，对他说："您是上将，看着国家陷入危险，不说一句话吗？"高琼向寇准谢罪，寇准再次见皇帝，请皇帝再问问其他大臣的意见，大臣到了，都没有说什么话。皇帝想要南下，寇准说："这是放弃中原啊！"皇帝又想毁断桥梁，借助河水防守，寇准说："这是放弃黄河以北的地区啊！"皇帝摇头说："读书人不懂军事！"寇准因此请求召见将领，高琼到了，说："蜀地远，王钦若的建议是对的。皇上和后宫乘坐楼船，从汴江南下，几天就到了。"大家都认为这样很好，寇准大吃一惊，脸色变了。高琼又慢慢地对皇帝说："臣说也是死，不说也是死，与其事到临头而死，不如进言而死。现在陛下离开都城一步，那么都城就会易主。官兵们都是北方人，家都在都城附近，他们将来会回城侍奉新君，谁愿意去送陛下呢？金陵也到不了！"寇准大喜过望，说："高琼知道这个道理，为什么不护驾前行呢？"高琼于是大声叫来逍遥辇，寇准扶着皇帝胳膊送他上轿，于是渡过黄河，皇帝到了澶州北门。远近的士兵看到黄色的伞盖，都跳跃欢呼万岁，声音传出数十里。契丹的气势被压制，其来攻城时，宋军射杀其元帅顺国王萧挞览。敌军害怕，于是请求议和。

这一役，寇准事先奏请宋真宗：趁着契丹兵马还没到镇州、定州，先调遣定州三万兵马南去镇州，又命令河东的兵从土门路前来会合，慢慢靠近邢州、洺州，让大名有所依靠，然后才请皇帝亲征。寇准又派遣将领在东边其他城池要塞牵制敌军，还招募强壮百姓到契丹境内，袭扰他们的村庄，使他们在国内有后顾之忧。寇准另外发文书命令州县加固壁垒，乡村的百姓都入城把守，钱物随身带着，搬不走的粮食都就地埋藏。契丹人来了不与他们交战，所以契丹人虽然深入宋国国境但没有什么收获。刚攻破德清一座城，然而得到的不足以补偿损失的，还没交战就陷入困境。如果没有这么多布置，那么皇帝渡河亲征就真是孤注一掷了。

寇恂

高峻①久不下，光武遣寇恂②奉玺书往降之。恂至，峻第遣军师皇甫文出谒，辞礼不屈，恂怒，请诛之。诸将皆谏，恂不听，遂斩之。遣其副归，告曰："军师无礼，已戮之矣。欲降即降，不则固守！"峻恐，即日开城门降。诸将皆贺，因曰："敢问杀其使而降其城，何也？"恂曰："皇甫文，峻之腹心，其所取计者也，[边批：千金不可购，今自送死，奈何失之。]今来辞意不屈，必无降心。全之则文得其计，杀之则峻亡其胆，是以降耳。"

唐僖宗幸蜀③，惧南蛮④为梗，许以婚姻。蛮王命宰相赵隆眉、杨奇鲲、段义宗来朝行在，且迎公主。高太尉骈⑤自淮南飞章云："南蛮心膂，唯此数人，请止而鸩之。"迨僖宗还京，南方无虞。此亦寇恂之余智也。

注释

①高峻：东汉初年地方割据军阀隗嚣手下将领，光武帝刘秀征讨隗嚣时投降东汉，后又逃回其军营，固守高平。②寇恂：字子翼，东汉开国功臣，云台二十八将之一，随光武帝屡建战功，封雍奴侯，卒谥威。③唐僖宗幸蜀：唐僖宗广明元年（880年），黄巢率领农民起义军北上，攻克洛阳，进入潼关，唐僖宗避走成都。④南蛮：南诏国。⑤高太尉骈：高骈，时任淮南节度使、诸道行营都统。

译文

很久无法攻克高峻固守之地，东汉光武帝刘秀便派遣寇恂带着诏书前往招降。寇恂到了，高峻派遣军师皇甫文前往拜见，皇甫文言辞礼节没有屈服之意，寇恂发怒，要杀了皇甫文。诸位将领都劝阻，寇恂不听，于是杀了他。寇恂让皇甫文的副使回去，让其转告高峻："军师不讲礼节，已经杀了他。你想要投降，那就立刻投降，不投降那就好好守城吧！"高峻害怕，当天就开城门投降了。将领们都来道贺，并借机问道："请问杀了对方的使者，还让其献出城池投降，是为什么？"寇恂说："皇甫文，是高峻的心腹，是为高峻筹谋计策的人，〔边批：千金买不到，如今自己来送死，怎能错过呢。〕他来的时候言语态度没有屈服之意，肯定没有投降的心思。保全他则他的计策就能得逞，杀了他就能让高峻失去胆略，因此高峻才投降了。"

　　唐僖宗驾临蜀地时，害怕南诏人制造麻烦，就许诺他们联姻。南诏国王命令宰相赵隆眉、杨奇鲲、段义宗到唐僖宗驻地拜见，同时也迎娶公主。太尉高骈从淮南紧急送来奏章说："南诏王的心腹就这几个人，请用毒酒杀死他们。"直到唐僖宗回到京城，南方都没有什么事。这也是模仿了寇恂的方法。

韩魏公

　　英宗①初晏驾，急召太子，未至。英宗复手动。曾公亮②愕然，亟告韩琦③，欲止勿召。琦拒之，曰："先帝复生，乃一太上皇。"愈促召之。

　　韩魏公生平从未曾以胆字许人，此等神通，的是无两。

注释

　　①英宗：即宋英宗，初名赵宗实，后改名赵曙。宋太宗赵光义曾孙，濮安懿王赵允让第十三子，宋仁宗赵祯养子。宋朝第五位皇帝。②曾公亮：宋仁宗年间进士，累官端明殿学士、同中书门下平章事等。③韩琦：北宋政治家、词人，为相十载、辅佐三朝，为北宋的繁荣做出贡献。

　　宋英宗刚去世，大臣紧急召太子入宫，太子还没到。英宗的手又动了一下。曾公亮吓了一跳，赶紧告诉韩琦，要停止召见太子入宫。韩琦拒绝他的提议，说："就是先帝重新活过来，也是太上皇。"更加紧催促太子入宫。

　　韩琦一辈子从来没有用"有胆量"来称赞别人，像他这超凡的本事，确实没有人能与他相比。

吕　端

　　太宗①大渐，内侍王继恩②忌太子英明，阴与参知政事李昌龄③等谋立楚王元佐④。端⑤问疾禁中，见太子不在旁，疑有变，乃以笏书"大渐"二字，令亲密吏趣太子入侍。太宗崩，李皇后命继恩召端。端知有变，即给继恩，使入书阁检太宗先赐墨诏，遂锁之而入。皇后曰："宫车已晏驾，立子以长，顺也。"端曰："先帝立太子，正为今日。今始弃天下，岂可遽违命有异议耶？"乃奉太子。真宗既立，垂帘引见群臣。端平立殿下，不拜，请卷帘升殿审视，然后降阶，率群臣拜呼"万岁"。

　　不糊涂，是识；必不肯糊涂过去，是断。

　　①太宗：宋太宗赵炅，宋朝第二位皇帝，宋太祖赵匡胤之弟。本名"匡义"，宋朝开国后因避赵匡胤名讳而改名"光义"，即位后改名"炅"。②王继恩：宦官，由后周入宋，得宋太宗宠

信。③李昌龄：字天锡，太平兴国年间进士。后因与王继恩结交被贬官。④楚王元佐：宋太宗长子，初名德崇，从小聪明，很受宋太宗喜爱。⑤端：吕端，字易直。宋太宗时为户部侍郎平章事，欲拜为相，有人说吕端糊涂，宋太宗说："端小事糊涂，大事不糊涂。"于是拜吕端为相，卒谥正惠。

译文

　　宋太宗病危，宦官王继恩忌惮太子英明，暗中勾结参知政事李昌龄等人，想立楚王元佐为皇帝。吕端在宫内探问太宗的病况，看到太子不在皇帝旁边伺候，担心事情有变，于是在笏板上写"大渐"（病危）两个字，让相熟的官吏赶紧催促太子进宫守在皇帝身边。太宗去世，李皇后让王继恩召吕端进见。吕端知道事情有变，就欺哄王继恩，让他到书房内查看太宗之前留下的遗诏，随即把他锁在房中，才进宫见李皇后。李皇后说："皇帝已经去世了，立长子为帝，这才合规矩。"吕端说："先皇帝立太子，就是为了今天。现在皇帝刚去世，怎么能这么快就违背遗命、表达不同想法呢？"于是尊奉太子即位。真宗即位后，垂下帘幕接见诸位大臣。吕端直着身子站在大殿台阶下，不跪拜，要求皇帝卷起帘幕，登上台阶仔细看了看，然后才走下台阶，率领群臣一起跪拜，高呼"万岁"。

　　不是糊涂，而是有见识；遇到事情一定不肯稀里糊涂就过去，这是有决断。

术智部　委蛇卷十三

道固委蛇，大成若缺。
如莲在泥，入垢出洁。
先号后笑，吉生凶灭。
集《委蛇》。

箕　子

纣为长夜之饮而失日，问其左右，尽不知也。使问箕子，箕子谓其徒曰："为天下主，而一国皆失日，天下共危矣！一国皆不知，而我独知之，吾其危矣！"辞以醉而不知。

凡无道之世，名为天醉。夫天且醉矣，箕子何必独醒？观箕子之智，便觉屈原①之愚。

注释

①屈原：战国时期楚怀王大夫，有"天下皆醉我独醒"之语。因遭楚国贵族排挤、诽谤，被流放他乡。楚国郢都被秦军攻

破后，自沉于汨罗江。屈原是"楚辞"的创立者和代表人物，被誉为"楚辞之祖"。

　　商纣王夜夜饮酒以至于忘了日期，问左右侍者，侍者也都不知道。派人去问箕子，箕子对他的属下说："身为一国之主，却让一国都忘了日期，这整个天下都危险了啊！一国的人都不知道日期，但我一个人知道，那么我就危险了！"于是说自己也醉了，不知道日期。

　　凡是没有规矩的世界，可以说是"天醉"了。天都醉了，那箕子又何必独自清醒呢？看箕子的智慧，就觉得屈原是不通世事了。

周　忱

　　周文襄巡抚江南日，巨珰①王振当权，虑其挠己也。时振初作居第，公预令人度其斋阁，使松江作剪绒毯遗之，不失尺寸。振益喜。凡公上利便事，振悉从中赞之，江南至今赖焉。

　　秦桧②构格天阁。有某官任江南，思出奇媚之，乃重赂工人，得其尺寸，作绒毯以进，铺之恰合。桧谓其伺己内事，大怒，因寻事斥之。所献同而喜怒相反，何也？谓忠佞意殊，彼苍者阴使各食其报，此恐未然。大抵振暴而骄，其机浅；桧险而狡，其机深。振乐于招君子以沽名，桧严于防小人以虑祸，此所以异与？

　　世之訾文襄者，不过以媚王振，及出粟千石旌其门，又为子纳马得官二事，皆非高明之举。愚谓此二事亦有深意。时四方灾伤洊告，司农③患贫，而公复奏免江南苛税若千万，唯是劝输援纳为便宜之二策，公故以身先之。明示旌门之为荣，而纳官之不为辱，欲以风励百姓。此亦卜式助边之遗意，未可轻议也。

注释

①巨珰：对有权势宦官的雅称。②秦桧：南宋高宗赵构时为宰相，在南宋朝廷内属于对金主和派、投降派，因其陷害岳飞之举历来受到唾骂，在《宋史》中被列入《奸臣传》。③司农：指户部，掌管天下财富者。

译文

　　文襄公周忱任江南巡抚时，大宦官王振掌权。周忱怕王振找麻烦。当时王振刚兴建府第时，周忱预先让人测量其厅堂大小，派人去松江定做了绒毯送给他，尺寸一点不差。王振十分高兴，凡是周忱上奏陈述兴利除弊的事，王振都帮着说好话。江南至今仍然仰赖这些措施。

　　秦桧建造格天阁时，有个官员在江南任职，想用新奇的方式讨好秦桧，就重金贿赂工人，得到格天阁的尺寸，定做了绒毯献给秦桧，铺上去尺寸恰好。秦桧认为他窥伺自己的私事，非常恼怒，找个机会斥责了他。都是送绒毯却是喜怒两种反应，为什么？有人说是忠奸的想法不一样，上天让人各得其果，恐怕不是这样。大概是因为王振暴虐而骄横，他的心机浅；秦桧阴险而狡诈，他的心机深。王振乐于和君子交往而获得好名声，秦桧则严防小人而担心招惹祸端。这就是之所以不同的原因吧？

　　世上的人们批评周忱，不过是认为他讨好王振，加上他拿出千石米做牌坊表彰自己的家门，又为了儿子送人马匹求官职这两件事，都不是高明的举动。我认为这两件事也有深意。当时各个地方连续报告灾害，户部苦于没有钱，而且周忱上奏朝廷免了江南税赋几千万，只有劝捐买官是临时解决难题的两个方法，周忱因此亲自带头。明确表示表彰自己家门是光荣的事，买官也不是耻辱的事，这是要鼓励百姓效仿。这也像汉武帝时候卜式献出财物资助军队一样，不能轻率地批评。

杨一清

杨文襄①［一清］与内臣张永②同提兵讨安化王。杨在军中语及逆瑾事，因以危言动永，［边批：可惜其言不传。］即于袖中出二疏，一言平贼事，一言内变事。嘱永曰："公班师入京见上，先进宁夏疏，上必就公问，公诡言请屏人语，乃进内变疏。"永曰："即不济，奈何？"公曰："他人言，济不济未可知，公言必济。顾公言时，须有端绪。万一不信公，公可顿首请上即时召瑾，没其兵器，劝上登城验之：'若无反状，杀奴喂狗。'又顿首哭泣。上必大怒瑾。瑾诛，公大用，尽矫其所为。吕强③、张承业，与公千载三人耳。但须得请即行事，勿缓顷刻！"永勃然作曰："老奴何惜余年报主乎！"已而永入见，如公策，事果济。瑾初缚时，得旨降南京奉御④。瑾上白帖，乞一二敝衣盖体。上怜之，令与故衣百件。永惧，谋之内阁，令科道劾瑾。劾中多波及阿瑾诸臣。永持疏至左顺门，谓诸言官曰："瑾用事时，我辈亦不敢言，况尔两班官？今罪止瑾一人，勿动摇人情也！可领此疏去，急易疏进！"此疏入，瑾遂正法，止连及文臣张彩一人、武臣杨玉等六人而已。

除瑾除彬⑤，多借张永之力。若全仗外庭，断不济事。永不欲旁及多人，更有识见。然非杨文襄智出永上，永亦不为之用。吁！此文襄所以称"智囊"也！

注释

①杨文襄：杨一清，明代名臣、内阁首辅，谥号文襄。②张永：北直隶保定府新城县人，明朝中期宦官，有宠于明武宗，原是宦官刘瑾的党羽，是著名的宦官集团"八虎"之一，后因不满刘瑾作为，二人产生矛盾。③吕强：东汉宦官。④奉御：官职名，管理与皇帝有关的某项事务。⑤彬：江彬，明朝武臣，取悦明武宗，由此恃宠擅权，在《明史》中被列入《佞幸传》。

译文

杨文襄［名一清］与宦官张永一起带兵讨伐安化王。杨一清在军中谈到悖逆之臣刘瑾，趁机以直接的言语打动张永，［边批：可惜他的话没有流传下来。］接着从衣袖中拿出两道奏疏：一道写的是平定安化王的事；另一道是讲宫廷内政变之事。杨一清叮嘱张永说："您率军回京见皇上时，先呈上讲宁夏平乱的奏章，皇上一定会凑近你详细询问，这时您假称要请皇上屏退左右才能说，然后就递上宫廷政变的奏章。"张永说："如果不成功，怎么办？"杨一清说："如果是别人说，成不成功不知道，但您说一定成功。不过您讲述时，一定要有条理。万一皇上不信您，您可以磕头并请皇上召见刘瑾，没收他的兵器，劝皇上登上城楼去验证这件事，并说：'如果刘瑾没有谋反的迹象，杀了奴才喂狗。'接着继续磕头哭泣。皇上必定对刘瑾大为生气。刘瑾被诛杀，您就受到重用，可以尽全力矫正刘瑾之前做的事。吕强、张承业，与您是千年来数得上的三个忠臣啊！但是这件事必须立即执行，不要拖延片刻！"张永慷慨地说："我这老奴为了报答主人，怎么会舍不得自己余下的生命呢？"不久张永进宫见皇帝，就像杨一清计划的那样执行，事情果然成功了。刘瑾刚被捆起来时，得到皇帝降其为南京奉御的旨意。刘瑾呈上认罪书，请求皇帝赐给一两件旧衣服遮盖身体。皇帝可怜他，让人给他一百件旧衣服。张永害怕了，去内阁商量，决定让言官们弹劾刘瑾。然而在弹劾奏章里，波及了很多之前依附刘瑾的官员。张永拿着奏章来到左顺门，对诸位言官说："刘瑾专权时，连我这样的人都不敢说话，何况是广大官员呢？现在只定刘瑾一个人的罪，不要波及他人动摇人心！把这些奏章拿回去吧，赶紧换一下奏章再送进来！"这些奏章递进去，刘瑾果然被执行了死刑，受牵连的只有一个文臣张彩、武将杨玉等六个人罢了。

除去刘瑾、江彬，很大程度上借助了张永的力量。如果全依靠外面的大臣，肯定无法成功。而张永不想牵连太多人，更是有见识的做法。然而如果不是杨一清的智慧在张永之上，恐怕张永也不会来出力。啊！这就是杨一清被称为"智囊"的缘故啊！

王翦　萧何

秦伐楚，使王翦①将兵六十万人。始皇自送至灞上。王翦行，请美田宅园地甚众。始皇曰："将军行矣，何忧贫乎？"王翦曰："为大王将，有功终不得封侯。故及大王之向臣，臣亦及时以请园地，为子孙业耳。"始皇大笑。王翦既至关，使使还请善田者五辈。或曰："将军之乞贷亦已甚矣！"王翦曰："不然。夫秦王恒中粗而不信人②，今空秦国甲士而专委于我，我不多请田宅为子孙业以自坚，顾令秦王坐而疑我耶？"

① 王翦：秦始皇时大将，为秦始皇一统六国立下赫赫战功，封武城侯。② 粗而不信人：《史记》中为"怚而不信人"。怚同粗，粗暴意。

译文

秦国征伐楚国，秦始皇命王翦带兵六十万出征。秦始皇亲自送王翦到灞上。王翦同秦始皇分别前，请求秦始皇赏赐大量好田地、好宅院。秦始皇说："将军要出发了，为什么担心受穷呢？"王翦说："臣身为大王的将军，有功劳也不能封侯。所以趁着大王您现在用到臣，臣也就及时请求园林田地，作为子孙后代的基业。"秦始皇大笑。王翦抵达边关后，又五次派人回去请求赐予良田。有人说："将军请求封赏的程度也太过分了！"王翦说："不是这样。秦王一直粗暴而不信任别人，现在派出秦国所有的兵士而让他们都听我指挥，我如果不为了子孙生活而多请求田宅以坚定大王的信任，难道要等着让秦王在宫中怀疑我吗？"

汉高专任萧何关中事①。汉三年，与项羽相距京、索间，上数使使劳苦丞相。鲍生谓何曰："今王暴衣露盖，数劳苦君者，有疑君心也。[边批：晁错使天子将兵而居守，所以招祸。]为君计，莫若遣君子孙昆弟能胜兵者，悉诣军所。"于是何从其计，汉王大悦。

注释

① 关中事：刘邦带兵出击汉中，萧何镇守关中，为刘邦筹谋粮草兵丁补给等事。

　　汉高祖委任萧何专管关中的政事。汉王三年（前204年），刘邦与项羽在京、索一带对峙的时候，刘邦多次派使者慰劳萧何的辛苦。鲍生对萧何说："现在大王在外白天被曝晒、晚上露宿野地，比您辛苦很多倍，君王有些怀疑您了啊。[边批：晁错让皇帝带兵出征，而自己镇守京城，所以招来了祸事。] 为您着想，不如让家中善于作战的子弟都到军中效力。"于是萧何按照他的计策行事，刘邦极为高兴。

术智部　谬数卷十四

似石而玉，以锌为刃。

去其昭昭，用其冥冥。

仲父有言，事可以隐。

集《谬数》。

宋　祖

宋祖[1]闻唐主酷嗜佛法，乃选少年僧有口辩者，南渡见唐主，论性命之说。唐主信重，谓之"一佛出世"，由是不复以治国守边为意。

茅元仪[2]曰："与越之西子何异，天下岂独色能惑人哉！"

注释

[1]宋祖：宋太祖赵匡胤。[2]茅元仪：明末官员、文学家。崇祯时曾在孙承宗麾下任副总兵。

宋太祖赵匡胤听说南唐国主极为痴迷佛法，就挑选了口才好的年轻僧人，命其坐船南渡去见南唐国主，两人谈论关于人的本性与命运的宿命论学说。南唐国主十分信任、倚重这名僧人，说他是真佛来到世间，从此不再关心治理国家、守卫边境的事。

茅元仪说："这跟越国派西施到吴国有什么区别，天下怎会只有美色能迷惑人呢！"

禁毂击

齐人甚好毂^①击相犯以为乐；禁之，不止。晏子^②患之，乃为新车良马，出与人相犯也，曰："毂击者不祥。臣其祭祀不顺、居处不敬乎？"下车弃而去之，然后国人乃不为。

注释

①毂（gǔ）：车轮中间车轴穿入处的圆木。②晏子：晏婴，史称"晏子"，春秋时期齐国著名政治家、思想家、外交家。历任齐灵公、庄公、景公三朝。

译文

齐人很喜欢用车毂相互撞击取乐；官方禁止，仍然没有效果。晏子为这事忧心，于是用好马拉着新车，出去与人用车毂相撞，说："与人车毂相撞不是好征兆。难道是我祭祀不顺应天、在家里时内心不恭敬吗？"说完下了车，扔下车马走了，从此齐国人就不再用车毂相互撞击取乐了。

留　侯

　　高帝欲废太子①，立戚夫人②子赵王如意。大臣谏，不从。吕后使吕泽③劫留侯④画计。留侯曰："此难以口舌争也。顾上有不能致者四人，四人者老矣，以上慢侮人故，逃匿山中，义不为汉臣。然上高此四人。诚能不爱金帛，令辩士持太子书卑词固请，[边批：辩士说四皓出商山，必有一篇绝妙文章，惜不传。]宜来，来以为客，时时从入朝，令上见之，则一助也。"吕后如其计。汉十二年，上疾甚，愈欲易太子。叔孙太傅⑤称说古令，以死争，[边批：言者以为至理，听者以为常识。]上佯许之，犹欲易之。及宴，置酒，太子侍，四人者从，年皆八十余，须眉皓然，衣冠甚伟。上怪而问之，四人前对，各言姓名，曰东园公、甪里先生、绮里季、夏黄公。上乃大惊曰："吾求公数载，[边批：谁谓高皇慢士？]公避逃我，今何自从吾儿游乎？"四人皆曰："陛下轻士善骂，臣等义不受辱。窃闻太子仁孝，恭敬爱士，天下莫不延颈欲为太子死者，故臣等来耳。"上曰："烦公幸卒调护太子。"四人为寿已毕，趋去。上目送之，曰："羽翼已成，难摇动矣！"

注释

　　①太子：吕后所生之子刘盈，汉惠帝。②戚夫人：刘邦宠姬。刘邦死后，刘如意、戚夫人皆被吕后杀害。③吕泽：吕后长兄，封周吕侯。④留侯：张良，被册封为留侯。⑤叔孙太傅：叔孙通，太子太傅。

　　汉高祖想要废掉太子，另立戚夫人生的儿子赵王如意。大臣劝阻，高祖都不听。吕后让吕泽强邀留侯张良谋划计策。张良说："这事难以用口舌之辩来争论清楚。我知道皇上有四个请不到的人，四个人都很老了，他们因为皇上轻慢、侮辱人的缘故，逃到山中躲藏，决心不做汉臣。如果您能不惜钱财，请能言善辩之人拿着太子的信谦卑地坚持邀请他们，[边批：辩士说服四皓出商山的话，必定是一篇绝妙文章，可惜没传下来。] 他们应该就会来，来了之后要以宾客之礼对待他们，经常让他们陪伴太子上朝，让皇上看见他们，那么这是一份助力。"吕后按照张良计策行事。汉高祖十二年，高祖的病更重了，更加想更换太子。太傅叔孙通讲古往今来的道理，用死来抗争换太子之事，[边批：说的人认为是至理名言，听的人认为只是普通道理。] 高祖假装答应了，心里还是想换太子。到了举行宴会的时候，准备好酒菜，太子站在一旁，后面还跟着四个人，年纪都超过八十岁，胡子和眉毛都白了，衣着气质十分端庄伟岸。高祖感到奇怪，就问他们话，四个人上前回话，每个人都说了自己的姓名，分别是东园公、甪里先生、绮里季、夏黄公。高祖于是大为吃惊，说："我邀请了你们好几年，[边批：谁说高祖轻慢士人？] 但你们回避我的邀请，现在为什么跟从我的儿子出来呢？"四个人都说："陛下轻视士人、喜欢辱骂人，我们坚决不受这侮辱。我们私下听说太子仁爱孝顺，敬重、爱惜士人，天下的人都伸着脖子准备为太子出死力，所以我们就来了。"高祖说："辛苦你们始终如一地教育保护太子吧。"四个人向高祖祝寿完毕，就小步快走着离开了。高祖目送他们，说："太子的势力已经形成了，很难动摇了！"

　　左执殇中，右执鬼方①，正以格称说古今之辈。夫英明莫过于高皇，何待称说古今而后知太子之不可易哉！称说古今，必曰某圣而治，某昏而乱。夫治乱未见征，而使人主去圣而居昏，谁能甘之？此叔孙太傅所以窘于儒术也。四老人为太子来，天下莫不为太子死，而治乱之征，已惕惕于高皇之心矣。为天下者不顾家，尚能惜赵王母子乎？王弇州②犹疑此汉庭之四皓，非商山之四皓。毋论坐子房以欺君之罪，而高皇之目亦太眊矣。夫唯义能不为高皇臣者，义必能不辞太子之招。别传称：子房辟谷③后，从四皓于商山，仙去。则四皓与子房自是一流人物，相契已久。使子房不出佐汉，则四皓中亦必有显者，固非藏拙山林，匏落樗朽④可方也！太子定，而后汉之宗社固，而后子房报汉之局终，而后商山偕隐之志可遂。则四皓不独为太子来，亦且为子房来矣。［边批：绝妙《四皓论》。］呜呼，千古高人，岂书生可循规而度、操尺而量者哉！

注释

①左执殇中，右执鬼方：语出《国语·周语》，其原文为"左执鬼中，右执殇官"。鬼中、殇官都是巫术中能知道别人背后说什么的工具。②王弇州：王世贞，明代文学家、史学家。③辟谷：一种修道方法，不吃谷物。④匏（páo）落樗（chū）朽：匏，葫芦，个大中空。樗，生长快、树形高大而容易腐朽，古人认为此树为无用之材。

译文

汉高祖早就知道大臣们会说些什么，已经准备好如何应对嘴里说着古今道理的人。那些帝王英明比不过高祖，怎么能用那些道理来证明太子是不可更换的呢！举古往今来的道理，一定是说某个君主圣明、国家安定，某个君主昏庸而国家混乱。在安定与混乱都没有显示迹象的时候，就说君王远离圣明而接近昏庸，谁能心里舒服呢？这叔孙通太拘泥于儒家道理了。四个老人为了太子而来，天下人没有不愿意为太子效死力的，此时国家安定或混乱的迹象已经显现，高祖心中已经忐忑不安了。掌管天下的人不会顾及小家，高祖还能怜惜赵王母子吗？明朝人王世贞还怀疑这汉朝宫廷中的四个白头发老头，不是真正的商山四皓。姑且不说这是让张良犯了欺君之罪，而且汉高祖的眼力也太差了。那些因为道义不能当汉高祖臣子的人，也必定能因为道义不推辞太子的招抚。有别传记载说：张良进行不食谷物后，跟着商山四皓去了商山，成仙了。如此说来，商山四皓和张良都是同一种人物，他们互相认可很久了。即使张良不出来辅佐汉朝，那么商山四皓中也必定有因辅佐而出名的人，他们本来就不是在山林中掩饰自己不足、徒有虚名的人能比的！太子的地位稳定了，汉朝的宗庙社稷也稳固了，张良辅佐汉朝的功业也就圆满结束，那么和商山四皓一起隐居的志向就可以实现了。也就是说商山四皓不单单是为太子而来，也是为张良而来。［边批：真是绝妙的《四皓论》。］哎呀，千年来的高人，哪里是书生可以按照旧规矩来揣度、拿着尺子来度量的呢！

颜真卿

真卿[1]为平原太守。禄山逆节颇著，真卿托以霖雨，修城浚濠，阴料丁壮，实储廪，佯命文士饮酒赋诗。禄山密侦之，以为书生不足虞。未几禄山反，河朔尽陷，唯平原有备。

小寇以声驱之，大寇以实备之。或无备而示之有备者，杜其谋也；或有备而示之无备者，消其忌也。必有深沉之思，然后有通变之略。微乎，微乎，岂易言哉！

①真卿：颜真卿，字清臣，谥文忠，唐玄宗开元年间进士，书法精妙，擅长行、楷，其书法称为"颜体"，对后世书法影响极大，与柳公权并称"颜柳"，人称"颜筋柳骨"。

译文

颜真卿任平原太守。安禄山谋反的迹象已经很明显了，颜真卿借口雨季来临，修理城墙、疏通沟渠，暗中招募强壮的兵丁，把粮仓填满，假装让书生喝酒作诗。安禄山秘密派人调查，认为颜真卿一介书生，不足为虑。不久安禄山造反，黄河以北一带都被占领了，只有平原郡因为有所准备而没有失陷。

遇到小贼寇用声势赶走他，遇到大贼寇要用实力为后盾。或者没有准备但表现出有准备的样子，断绝对方心里的念头；或者有准备而表现出没有准备的样子，消除他的顾忌。必须有深远沉稳的想法，然后才能有变通的谋略。微妙，微妙，不是容易说明白的！

晏 婴

公孙接、田开疆、古冶子同事景公①，恃其勇力而无礼。晏子请除之，公曰："三子者搏之不得，刺之恐不中也。"晏子请公使人馈人二桃，曰："三子何不计功而食桃？"公孙接曰："接一搏豜，而再搏乳虎，若接之功，可以食桃而无与人同矣。"援桃而起。田开疆曰："吾伏兵而却三军者再。若开疆之功，亦可以食桃而无与人同矣！"援桃而起。古冶子曰："吾尝从君济于河，鼋衔左骖②，以入砥柱之流。当是时也，冶少不能游，潜行逆流百步，顺流九里，得鼋而杀之。左操骖尾，右挈鼋头，鹤跃而出。津人相惊，以为河伯。若冶之功，亦可以食桃而无与人同矣！二子何不反桃！"抽剑而起。公孙接、田开疆曰："吾勇不子若，功不子逮。取桃不让，是贪也；然而不死，无勇也！"皆反其桃，挈领而死。古冶子曰："二子死之，冶独生之，不仁！耻人以言而夸其声，不义！恨乎所行不死，无勇！"亦反其桃，挈领而死。使者复命，公葬之以士礼。其后诸葛亮作《梁甫吟》以哀之。

译文

公孙接、田开疆、古冶子都在齐景公麾下做事，他们仗着自己勇猛有力而不讲礼节。晏子请求除掉他们，景公说："跟这三个人搏斗一般打不过，刺杀他们又担心刺不中。"晏子请景公派人送给他们两个桃子，并对他们说："三位何不计算功劳，然后根据功劳吃桃子？"公孙接说："我曾打死野猪，又打死刚生下老虎的母虎，像我这样的功劳，可以吃桃子而不用跟别人分享！"说完拿起一个桃子。田开疆说："我曾率兵埋伏，两次打退来进犯的敌军。像我这样的功劳，也可以吃桃子并且不用跟人分享！"说着也拿起一个桃子。古冶子说："我曾跟随主公渡河，有河鼋咬住了驾车的三匹马中左边的那匹马，将马拖入湍急的流水中。在那个时候，我还小，不能游泳，于是潜到水中逆着流水向上走了百步，又顺流漂了九里，抓到河鼋后杀了它。我左手抓住马尾，右手提着鼋头，像鹤一样跳出水面。河边的人都吓了一跳，以为我是河神。像我这样的功劳，也可以吃桃子并且不用和人分享！两位还不把桃子放回来！"说着拔剑而起。公孙接、田开疆说："我们的勇敢不如你，功劳赶不上你。拿了桃子没有谦让，是贪心啊；然而这样还不自杀，是没有勇气啊！"两人都把手中桃子放回，自刎而死。古冶子说："你们二位死了，我独自活着，是不仁！我用言语让你们感到羞耻还扬扬自得，是不义！我痛恨自己的行为却不死去，是没有勇气！"说完也放回手里的桃子，自刎而死。使者向景公复命，景公用对待士人的礼仪安葬了他们。后来诸葛亮作《梁甫吟》来哀悼他们。

─ 术智部　权奇卷十五 ─

尧趋禹步，父传师导。
三人言虎，逾垣叫跳。
亦念非仪，虞其我暴。
诞信递君，正奇争效。
嗤彼迂儒，漫云立教。
集《权奇》。

狄　青

南俗尚鬼。狄武襄[①]征侬智高[②]时，大兵始出桂林之南，因祝曰："胜负无以为据。"乃取百钱自持之，与神约："果大捷，投此钱尽钱面[③]！"左右谏止："倘不如意，恐阻师。"武襄不听。万众方耸视，已而挥手倏一掷，百钱皆面。于是举军欢呼，声震林野。武襄亦大喜，顾左右取百钉来，即随钱疏密，布地而帖钉之，加以青纱笼，手自封焉，曰："俟凯旋，当谢神取钱。"其后平邕州还师，如言取钱。幕府士大夫共视，乃两面钱也。

桂林路险，士心惶惑，故假神道以坚之。

启秀文库

智囊

110

注释

①狄武襄：狄青，北宋时期名将，勇猛善战，赐谥"武襄"。
②侬智高：少数民族首领，宋仁宗皇祐元年（1049年）起义。
③钱面：宋时铜钱仅一面有字，有字面称为钱面。

译文

南方风俗崇尚鬼神。狄青带兵征伐侬智高时，大军刚到桂林南面，狄青祝祷说："不知道胜负如何。"于是取出一百个铜钱，跟神起誓说："如果出征大捷，那么这一百个铜钱扔出去，都是钱面朝上。"身边的将领都出言阻止说："如果扔钱币的结果不如意，恐怕会影响军队。"狄青不听。上万士兵都跷起脚看着，不久狄青忽然挥手扔出钱币，一百个钱币都是钱面朝上。于是全军欢呼，声音震撼山野。狄青也很高兴，让左右随从拿来一百个钉子，根据钱币的疏密位置，在原地用钉子把铜钱钉在地上，并用青纱罩子罩住，他亲手加上封条，说："等到得胜归来，再酬谢神明，收回钱币。"之后狄青平定邕州叛乱后带兵回来，果然如前所说，把钱取走。幕府的幕僚一起看，才发现钱是两面都有字的。

桂林路途危险，士兵内心惶恐疑惑，所以狄青借鬼神的方法来坚定他们的信心。

程　婴

屠岸贾①攻赵氏于下宫，杀赵朔、赵同、赵括、赵婴齐②，皆灭其族。赵朔妻③，成公姊也，有遗腹，走公宫匿。赵朔客曰公孙杵臼。杵臼谓朔友人程婴曰："胡不死？"程婴曰："朔之妇有遗腹，若幸而生男，吾奉之；即女也，吾徐死耳。"居无何，而朔妇娩身生男。屠岸贾闻之，索于宫中。夫人置儿裤中，祝曰："赵宗灭乎，若号；即不灭，若无声！"及索儿，竟无声。已脱，程婴谓公孙杵臼曰："今一索不得，后必且复索之，奈何？"公孙杵臼曰："立孤与死孰难？"〔边批：只一问，便定了局。〕程婴曰："死易，立孤难耳。"公孙杵臼曰："赵氏先君遇子厚，子强为其难者；吾为其易者，请先死！"乃谋取他人婴儿负之，衣以文葆④，匿山中。〔边批：妙计。〕程婴出，谬谓诸将军曰："婴不肖，不能立赵孤。谁能与我千金，我告赵氏孤处。〔边批：更妙。〕诸将军皆喜，许之。发师随程婴攻公孙杵臼。杵臼谬曰："小人哉程婴！昔下宫之难不能死，与我谋匿赵氏孤儿，今又卖我。纵不能立，而忍卖之乎？"抱儿呼曰："天乎！天乎！赵氏孤儿何罪？请活之，独杀杵臼可也！"诸将不许，遂杀杵臼与孤儿。诸将以为赵氏孤儿良已死，皆喜。然赵氏真孤乃反在，程婴卒与俱匿山中。居十五年，晋景公疾，卜之："大业⑤之后不遂⑥者为祟！"〔边批：安知非赂卜者使为此言？〕景公问韩厥，厥知赵孤在，〔边批：妙人。〕乃以赵氏对。景公问："赵尚有后子孙乎？"厥具以实告。于是景公乃与韩厥谋立赵孤儿，召而匿之宫中。诸将入问疾，景公因韩厥之众以胁诸将而见赵孤。赵孤名曰武。诸将不得已，皆委罪于屠岸贾。于是武、婴遍拜诸将，相与攻岸贾，灭其族。复与赵武田邑如故。及武既冠成人，婴曰："吾将下报公孙杵臼！"遂自杀。

注释

①屠岸贾：姓屠岸，名贾，春秋时期晋国人，有宠于晋灵公。②赵朔、赵同、赵括、赵婴齐：晋赵盾执政晋国期间，权倾朝野，维护晋文公霸业。赵朔为赵盾之子，赵同、赵括、赵婴齐为赵盾之弟。③赵朔妻：晋成公的姐姐，史称赵庄姬。姬为其姓，赵为其丈夫赵朔之氏，庄为赵朔谥号。④文葆：绣有花纹的褓褓。文，绣有花纹。⑤大业：传说为赵与秦始祖。⑥不遂：不兴旺。

译文

屠岸贾在下宫攻击赵氏家族，杀赵朔、赵同、赵括、赵婴齐，把赵氏全族都灭了。赵朔的妻子，是晋成公的姐姐，怀有遗腹子，逃到国君的宫廷中藏起来。赵朔有一名客卿叫公孙杵臼。公孙杵臼对赵朔的朋友程婴说："为什么还没死？"程婴说："赵朔妻子怀有遗腹子，如果有幸生了男孩，我将侍奉他；如果生了女孩，我再跟着死。"过了一段时间，赵朔的妻子分娩了，生的是男孩。屠岸贾听说了，到国君宫中搜索。赵朔妻子把孩子藏在裤子中，并祝祷说："如果赵氏该灭亡，你就哭；如果赵氏不该灭，就不要出声！"等到屠岸贾的人来搜索孩子的时候，孩子竟然没有出声。已经逃脱之后，程婴对公孙杵臼说："这回搜索不到，后面必定还要搜索，怎么办呢？"公孙杵臼说："使孤儿成人并立业与死相比，哪个难？"［边批：只问这一句，注定了结局。］程婴说："死容易，使孤儿成人并复大业难。"公孙杵臼说："赵氏故去的主君厚待您，您勉强做困难的事吧；我来做容易的事，请让我先死吧！"于是谋划找别的婴儿背在身上，用绣着花纹的褓褓包起来，藏到山中。［边批：妙计。］程婴站出来，假装对诸位将军说："我品行不好，不能扶保赵氏孤儿。谁能给我千金，我告诉他赵氏孤儿在哪儿。"［边批：更妙。］诸位将军都露出高兴的神色，答应了他。他们出动军队跟随程婴去抓公孙杵臼。公孙杵臼假装说："程婴你这个小人啊！当时遭遇下宫劫难而没有死，和我一起谋划藏匿赵氏孤儿，现在你又出卖我。即使不能扶保赵氏孤儿，你怎忍心出卖他？"公孙杵臼抱着婴儿哭喊说："天啊！天啊！赵氏孤儿有什么罪呢？请让他活下来，只杀了我公孙杵臼好了！"诸位将军不答应，于是杀了公孙杵臼与婴儿。将军们以为赵氏孤儿确实已经死了，都露出高兴的神色。然而真正的赵氏孤儿却还在，程婴从此和他一起藏匿在山中。十五年之后，晋景公病了，请人占卜，说："赵氏子孙不兴旺的在作祟。"［边批：怎知不是贿赂了占卜的人才让他说出这样的话？］景公问韩厥，韩厥知道赵氏孤儿在，［边批：妙人。］于是用赵氏来回答景公。景公问："赵氏还有子孙吗？"韩厥根据事实禀告了景公。于是景公与韩厥谋划复立赵氏孤儿，将他召来藏在宫中。诸位将领来探望景公的病，景公让韩厥带很多人来胁迫诸将拜见赵氏孤儿。赵氏孤儿名叫武。将领们没办法，都把罪行推到屠岸贾身上。于是赵武、程婴挨个拜访将领们，约好一起攻击屠岸贾，灭掉其全族。景公重新给了赵武过往赵氏拥有的田地、封邑。等到赵武已经行了冠礼、长大成人，程婴说："我要去九泉下向公孙杵臼报告了！"于是就自杀了。

赵氏知人，能得死士力，所以蹶而复起，卒有晋国。后世缙绅门下，不以利投，则以谀合，一旦有事，孰为婴、杵？

鲁武公①与其二子括与戏朝周，宣王爱戏，立为鲁世子。武公薨，戏立，是为懿公。时公子称最少，其保母②臧。寡妇与其子俱入宫养公子称。括死，而其子伯御与鲁人作乱，攻杀懿公而自立，求公子称，将杀之。臧闻之，乃衣其子以称之衣，卧于称处，伯御杀之。臧遂抱称以出，遂与称舅同匿之。十一年，鲁大夫知称在，于是请于周而杀伯御，立称，是为孝公。时呼臧为"孝义保"。事在婴、杵前，婴、杵盖袭其智也。然婴之首孤，杵之责婴，假装酷似，不唯仇人不疑，而举国皆不知，其术更神矣，其心更苦矣！

注释

①鲁武公：姬姓，名敖，鲁献公之子，鲁真公之弟，西周时诸侯国鲁国第九位国君。②保母：褓母，宫廷里负责抚养国君子女的女妾。

译文

赵氏能识别人才，所以能得到为自己效命的死士，因而赵氏一族经历劫难之后能够复兴，才有了后来韩、赵、魏三家分晋。后世豪富人家的门客，不是因为钱来投靠，就是因为阿谀逢迎而聚在一起，一旦有什么事，谁来当程婴、公孙杵臼呢？

鲁武公带着他的两个儿子括与戏朝见周天子，周宣王喜爱戏，将他立为鲁国世子。鲁武公去世后，戏继位，就是鲁懿公。当时鲁武公的儿子里公子称年纪最小，他的褓母叫臧。臧是寡妇，她带着她的儿子一起到宫廷中抚养公子称。鲁武公的儿子括死后，括的儿子伯御和鲁国人作乱，攻杀了鲁懿公，自立为国君，追捕公子称，要杀掉他。臧听说了，就让她的儿子穿上称的衣服，睡在称睡觉的地方，伯御杀掉了他。臧于是抱着称逃出宫中，与称的舅舅一同把他藏起来。十一年后，鲁国的大夫知道称还活着，于是请求周天子杀掉伯御，立称为国君。称就是鲁孝公。当时人称呼臧为"孝义保"，这件事发生在程婴、公孙杵臼之前，程婴和公孙杵臼大概就是学习她的智慧。然而程婴去举报孤儿，公孙杵臼责骂程婴，装得就像真的一样，不只仇人不怀疑，而且全国上下都不知道，他们的方法更厉害，更是用心良苦啊！

温峤

王敦用温峤^①为丹阳尹，置酒为别。峤惧钱凤^②有后言^③，因行酒至凤，未及饮，峤伪醉，以手板^④击之堕帻^⑤，作色曰："钱凤何人！温太真行酒，敢不饮！"凤不悦。敦以为醉，两释之。明日凤曰："峤与朝廷甚密，未必可信，宜更思之！"敦曰："太真昨醉，小加声色，岂得以此便相谗贰。"由是峤得还都，尽以敦逆谋告帝。

注释

① 温峤：字太真，东晋时期名将，西晋司徒温羡之侄。② 钱凤：王敦谋士。③ 后言：别人走后说的谗言。④ 手板：拿在手上的笏板。⑤ 帻：头巾。

译文

王敦任命温峤为丹阳县令，并准备酒席为他送行。温峤担心钱凤在他走后说他坏话，于是端着酒走到钱凤面前，温峤还没喝，就假装醉了，用笏板打落了钱凤的头巾，还板着脸说："钱凤是什么人！我温峤敬酒，居然敢不喝！"钱凤不高兴。王敦认为温峤醉了，让他们两个人和解。第二天钱凤说："温峤与朝廷关系十分密切，不一定可信，您该重新想想任命他的事。"王敦说："他昨天醉了，对你态度不太好，哪能因此就说他的坏话呢？"因此温峤得以回到京城，把王敦谋反的事情都告诉了皇帝。

王东亭

王绪①，素谗殷荆州②于王国宝③，殷甚患之，求术于王东亭④，曰："卿但数诣王绪，往辄屏人，因论他事，如此则二王之好离矣！"殷从之，国宝见王绪，问曰："比与仲堪何所道？"绪云："故是常谈。"国宝谓绪于己有隐，情好日疏，谗言用息。

此曹瞒⑤间韩遂、马超之故智。张濬⑥杀平阳牧守，亦用此术。[平阳牧张姓，蒲帅王珂⑦之大校。]

①王绪：东晋孝武帝时为琅邪内史，权臣琅邪王司马道子心腹，是佞臣王国宝从祖弟。②殷荆州：殷仲堪，东晋孝武帝时掌管荆州、益州、宁州军事，镇守江陵郡。后桓玄起兵，率军讨伐殷仲堪，殷仲堪兵败被虏身死。③王国宝：王坦之小儿子，其从妹为司马道子妃。④王东亭：王珣，曾与谢玄同为桓温掾属，后任职尚书右仆射，掌管吏部。其获封东亭侯，因此世称王东亭。⑤曹瞒：曹操，小字阿瞒。⑥张濬：唐朝末年宰相，是唐昭宗初年主张朝廷从地方军阀手中夺权的主要倡导者。⑦王珂：唐末军阀，河中节度使。王珂见张濬宴请平阳牧守，就问平阳牧守和张濬谈了什么，牧守说没有交谈，王珂不信，就杀了他。原来，张濬宴请平阳牧守时，确实没有交谈，只是咀嚼食物，让远处看上去像是在说话。

译文

王绪这个人，经常跟王国宝说殷仲堪的坏话，殷仲堪十分担忧此事，向王东亭请教解决办法。王东亭说："你只要经常去拜访王绪，到了就把人都支开，然后随便讨论些事情，像这样做就能离间二王之间的关系。"殷仲堪照着做了，王国宝见了王绪，问："之前你和殷仲堪说了些什么？"王绪说："谈的都是些平常的话。"王国宝认为王绪对自己有所隐瞒，两人的感情日渐疏远，谗言的事就平息了。

这是曹操当年离间韩遂和马超的老办法。唐朝张濬杀平阳牧守，也用了这个办法。[平阳牧姓张，是蒲帅王珂属下大校。]

司马懿

曹爽[①]擅政，懿[②]谋诛之，惧事泄，乃诈称疾笃。会河南尹李胜[③]将莅荆州，来候懿。懿使两婢侍持衣，指口言渴。婢进粥，粥皆流出沾胸。胜曰："外间谓公旧风发动耳，何意乃尔！"懿微举声言："君今屈并州，并州近胡，好为之备。吾死在旦夕，恐不复相见，以子师、昭[④]为托。"胜曰："当忝本州，非并州。"懿故乱其词曰："君方到并州？"胜复曰："忝荆州。"懿曰："年老意荒，不解君语。"胜退告爽曰："司马公尸居余气，形神已离，不足复虑！"于是爽遂不设备。寻诛爽。

注释

①曹爽：其父曹真为曹操养子，魏明帝时曹真为大将军。曹真死后，曹爽袭父爵，日常用度堪比皇帝。②懿：司马懿，得曹丕重用，曾多次带兵与诸葛亮交战。魏明帝病重时，托孤司马懿、曹爽等。③李胜：曹爽心腹，足智多谋。④师、昭：司马懿

的儿子司马师、司马昭。

译文

　　曹爽专权，司马懿谋划杀他，担心事情泄露，于是假称病重。当时正好河南令尹李胜到荆州任职，就来等候拜见司马懿。司马懿让两个婢女拿着衣服在身边服侍，用手指着嘴说口渴。婢女喂他粥，粥都流出来沾在他胸口。李胜说："外面都说您旧日的风疾发作，没想到竟然到这个地步！"司马懿微微抬高声音说："您要屈尊去并州了，并州靠近胡人的地方，要好好做好准备。我很快就要死了，我们可能没有机会再见面了，我把我的儿子司马师、司马昭托付给您。"李胜说："我是到荆州任职，不是到并州。"司马懿故意胡乱说话："您刚到并州？"李胜又说："我是到荆州任职。"司马懿说："我年纪大了，头脑不好使了，听不懂您的话。"李胜退出去，回去告诉曹爽说："司马懿就剩一口气了，他的神智和身体已经分离，不值得担心了！"从此曹爽便不加防备。不久司马懿诛杀了曹爽。

捷智部　灵变卷十六

一日百战，成败如丝。

三年造车，覆于临时。

去凶即吉，匪夷所思。

集《灵变》。

鲍　叔

公子纠[①]走鲁，公子小白[②]奔莒。既而国杀无知[③]，未有君。公子纠与公子小白皆归，俱至，争先入。管仲扞弓射公子小白，中钩。鲍叔[④]御，公子小白僵。管仲以为小白死，告公子纠曰："安之。公子小白已死矣！"鲍叔因疾驱先入，故公子小白得以为君。鲍叔之智，应射而令公子僵也，其智若镞矢也！

王守仁[⑤]以疏救戴铣[⑥]，廷杖，谪龙场驿。守仁微服疾驱，过江，作《吊屈原文》见志，寻为投江绝命词，佯若已死者。词传至京师，时逆瑾怒犹未息，拟遣客间道往杀之，闻已死，乃止。智与鲍叔同。

注释

①公子纠：齐僖公之子，齐桓公之兄，其母为鲁国女子。
②公子小白：齐僖公之子，即位后为齐桓公，是春秋时期第一位霸主。③无知：齐僖公之侄，杀齐襄公自立为君，后被雍廪杀死。④鲍叔：一称鲍子，本姓姒，因父在齐出仕，赐封于鲍，故以鲍为氏，名叔牙。春秋时期齐国大夫，少时与管仲为好友，后来又给齐桓公推荐管仲，后世以"管鲍之交"称誉二人情谊。⑤王守仁：即王阳明。⑥戴铣：正德年间，戴铣担任六科给事中，上书弹劾掌权的太监，被刘瑾伪称皇帝命令抓入锦衣卫监狱。王守仁当时为兵部主事，写奏折为戴铣说话，得罪刘瑾。

译文

齐国公子纠逃到鲁国去了，公子小白逃到莒国去了。不久齐国人杀了国君无知，齐国没有国君了。公子纠和公子小白都回国，一起到了齐国边境，争抢着要先进入齐国。（扶保公子纠的）管仲拉弓射公子小白，射中了小白的腰带钩。（扶保公子小白的）鲍叔牙驾车，公子小白僵倒不动。管仲以为小白死了，告诉公子纠说："公子放心。小白已经死了！"鲍叔牙趁机加速驱车先进入齐国，所以公子小白得以成为齐国国君。鲍叔牙有智慧，是他让公子小白中箭后顺势做出身体僵直的样子，这应变速度像箭头一样快啊！

王守仁因上奏疏救戴铣，而遭受廷杖，被贬到龙场驿。他穿着便装快速赶往贬所，过了长江，写《吊屈原文》表明心志，不久又写投江绝命词，装作已经死了。绝命词传到京城，当时逆臣刘瑾的怒气还没有平息，正想派人走小路去杀王守仁，听说他已经死了，于是停止了念头。王守仁的智慧与鲍叔牙一样。

管夷吾

　　齐桓公因鲍叔之荐，使人请管仲于鲁。施伯[①]曰："是固将用之也！夷吾用于齐，则鲁危矣！不如杀而以尸授之！"〔边批：智士。〕鲁君欲杀仲。使人曰："寡君欲亲以为戮，如得尸，犹未得也！"〔边批：亦会话。〕乃束缚而槛之，使役人载而送之齐。管子恐鲁之追而杀之也，欲速至齐，因谓役人曰："我为汝唱，汝为我和。"其所唱适宜走，役人不倦，而取道甚速。

　　吕不韦[②]曰："役人得其所欲，管子亦得其所欲。"陈明卿[③]曰："使桓公亦得其所欲。"

注释

　　①施伯：鲁国大夫。②吕不韦：战国时秦国人，善经商，资助秦公子子楚，使其被立为嗣子。子楚即位后，吕不韦为秦国宰相。秦始皇时，尊吕不韦为仲父。吕不韦命门客编成《吕氏春秋》一书。③陈明卿：陈仁锡，字明卿，明朝天启年间进士，好钻研学问并著述颇多，官至南京国子监祭酒。

译文

　　齐桓公因为鲍叔牙推荐，派人到鲁国去接管仲。施伯说："这肯定是要重用他啊！管仲在齐国被重用，那么鲁国就危险了！不如杀了他而把他的尸体给齐国！"〔边批：聪明人。〕鲁庄公要杀管仲。齐国的使者说："我们的国君想要亲自杀掉管仲，如果得到的是管仲的尸体，就跟没得到一样！"〔边批：也很会说话。〕于是鲁庄公命人用绳子绑起管仲，用囚车拉着他，让差役赶着车送他到齐国去。管仲担心鲁国人追上来杀他，想要快点到齐国，于是对差役说："我给你唱歌，你给我唱和。"他所唱的都和疾行相适应，差役不感到疲倦，于是赶路十分迅速。

　　吕不韦说："差役得到了他想要的，管仲也得到了他想要的。"陈明卿说："这也让齐桓公得到了他想要的。"

汉高帝

　　楚、汉久相持未决。项羽①谓汉王②曰："天下汹汹，徒以我两人。愿与王挑战决雌雄，毋徒罢天下父子为也！"汉王笑谢曰："吾宁斗智，不能斗力。"项王乃与汉王相与临广武③间而语。汉王数羽罪十，项王大怒，伏弩射中汉王。汉王伤胸，乃扪足曰："虏中吾指！"汉王病创卧，张良强起行劳军，以安士卒，毋令楚乘胜于汉。汉王出行军，病甚，因驰入成皋④。

　　小白不僵而僵，汉王伤而不伤。一时之计，俱造百世之业。

注释

　　①项羽：名籍，字羽，武力出众。秦末随项梁起兵于会稽，响应陈胜、吴广起义。②汉王：刘邦，字季。陈胜起义后，刘邦在沛县响应，自称沛公，后投奔项梁，鸿门宴之后受封为汉王。③广武：在今河南省荥阳北。东、西广武都在三皇山上，二者各据一山头，相距二百多步，中间是深涧。刘邦和项羽即隔东、西广武深涧对话。④成皋：在广武西边不到百里处。

楚汉长期对峙，没能决出胜负。项羽对刘邦说："天下动荡，都是因为我们两个人，我愿与你单独挑战，以决出胜负，不要白白让天下百姓疲累了！"刘邦笑着拒绝说："我宁肯斗智，也不拼力气！"项羽于是和刘邦互相隔着广武深涧说话。刘邦列出项羽十项大罪，项羽大怒，用埋伏好的弓弩射中刘邦。刘邦伤在胸，却抱着脚喊："蛮子射中我的脚趾！"刘邦创口严重，躺在床上，张良强行让他起来犒劳士兵，以安定士兵的心，不让楚军趁机攻打汉军。刘邦出去巡视军队，伤势更严重了，于是快速进入成皋。

小白没死却装死，刘邦伤了却装作没有受伤。这些一时的随机应变，都成就了百代基业。

宗 典

晋元帝①叔父东安王繇②，为成都王颖③所害，惧祸及，潜出奔。至河阳，为津吏所止。从者宗典后至，以马鞭拂之，谓曰："舍长④，官禁贵人，而汝亦被拘耶？"因大笑。由是得释。

①晋元帝：司马睿，十五岁袭封琅邪王。西晋灭亡后，在建康即位，建立东晋。②东安王繇：司马懿之孙，其父司马伷为司马昭异母弟。③成都王颖：司马昭之孙，晋武帝司马炎之子。④舍长：管理客舍的下级小吏。

译文

司马睿的叔父东安王司马繇被成都王司马颖杀害，司马睿害怕被波及，换了衣服悄悄出逃。到了河阳，被渡口的小官阻止。随行的宗典从后边赶上来，用马鞭轻扫司马睿，说："舍长，官府禁止贵人渡河，怎么你也被拦住了？"接着大笑。就这样司马睿得以被释放。

王羲之

王右军①幼时，大将军②甚爱之，恒置帐中眠。大将军尝先起，须臾，钱凤入，屏人论逆节事，都忘右军在帐中。右军觉，既闻所论，知无活理，乃剔吐污头面被褥，诈熟眠。敦论事半，方悟右军未起，相与大惊曰："不得不除之！"及开帐，乃见吐唾纵横，信其实熟眠，由是得全。

注释

①王右军：王羲之，王导、王敦之堂侄，任职右军将军、会稽内史，世称王右军。书法家，被誉为"书圣"。《晋书·王舒传》记载此事为王舒故事，《世说新语》载此事为王羲之故事。②大将军：王敦。

译文

王羲之小的时候，很得大将军王敦喜爱，王敦常让王羲之在他帐中睡觉。一次，大将军王敦先起床，不久，钱凤进来，支开周围人讨论造反的事，都忘了王羲之还在床帐中。王羲之醒了，已经听到了他们所讨论的事，知道没有活命的道理，于是用手指涂抹口水，弄脏自己头脸和被褥，假装熟睡。王敦讨论到一半，忽然想起王羲之还没起，跟钱凤一同吃惊地说："不能不除掉他了！"等到两人拉开床帐，发现口水到处都是，相信王羲之确实睡熟了，因此王羲之得以保全性命。

太史慈

太史慈^①在郡^②，会郡与州有隙，曲直未分，以先闻者为善。时州章已去，郡守恐后之，求可使者。慈以选行，晨夜取道到洛阳，诣公车^③门，则州吏才至，方求通。慈问曰："君欲通章耶？"吏曰："然。""章安在？题署得无误耶？"因假章看，便裂败之，吏大呼持慈，慈与语曰："君不以相与，吾以无因得败，祸福等耳，吾不独受罪，岂若默然俱去？"因与遁还，郡章竟得直。

注释

①太史慈：字子义，东汉末年名将，后归降孙策，得孙权重用。②郡：东莱郡。太史慈即东莱郡黄县人。③公车：负责臣民上书和征召的汉代官署。

译文

太史慈在东莱郡的时候，正赶上郡、州两府之间有矛盾，对错没有分辨之前，先向上报告的占优势。当时州里的奏章已经送出去了，郡守担心落后，征求能当使者的人。太史慈被选中了，他日夜兼程赶到洛阳，到了公车衙门门口，那时州里的官吏才刚到，正请求通报。太史慈问："你是来呈报奏章的吗？"州吏说：

"是。""奏章在哪里？题头和署名都没错误吧？"于是假装要看他的奏章，趁机撕毁了它。州里的官吏大喊着抓住太史慈，太史慈对他说："你不把奏章给我，我也没有机会毁坏它，我们的福祸是一样的，我不自己承担罪责，倒不如什么也别说，一起走吧？"就这样太史慈和州里的官吏一起溜走了，郡守的奏章得以上奏，被判为有理。

韩襄毅

韩雍①弱冠为御史，出按江西。时有诏下镇守中官②，而都御史③误启其封，惧以咨雍。雍请宴中官而身为解之。明日伪为封识，而藏旧封于怀，俟会间，使邮卒持以付己，佯不知而启之，稍读一二语，即惊曰："此非吾所当闻！"遽令吏还中官，则已潜易旧封矣。雍起谢罪，复欲与邮卒杖，中官以为诚，反为救解，欢饮而罢。

此即王韶④欺郭逵⑤之计，做得更无痕迹。

郭逵为西帅，王韶初以措置西事至边。逵知其必生边患，因备边财赋连及商贾，移牒⑥取问。韶读之，怒形颜色，掷牒于地者久之，乃徐取纳怀中，入而复出，对使者碎之。逵奏其事，上以问韶，韶以原牒进，无一字损坏也。上不悟韶计，不直逵言。自是凡逵论，诏皆不报，而韶遂得志矣。

注释

①韩雍：字永熙，谥襄毅。明英宗正统年间进士，初授御史，出巡江西，意气风发。②镇守中官：皇帝派驻在各省监察

军务的太监。嘉靖年间取缔此制度。③都御史：江西巡按御史。
④王韶：字子纯，北宋嘉祐年间进士，曾为宋神宗信重。重要
军事将领，收复若干失地，对西夏形成包围之势。⑤郭逵：曾
为范仲淹部将，长期守卫北宋西北边境，故称西帅。⑥移牒：
同级政府之间的公文往来。

译文

　　韩雍二十来岁当御史，出巡江西。当时皇帝有诏书给镇守在
江西的太监，然而都御史误拆了诏书封缄，心中害怕，于是向韩
雍请教对策。韩雍请求宴请太监，亲自为都御史解决这件事。第
二天，韩雍伪造了封缄，而把原来的封缄藏在怀中，等到宴会
时，让送信的士兵拿着交给自己，装作不知道的样子打开它，稍
微读一两句，立即惊讶地说："这不是我应该看的！"赶紧让小
吏还给太监，实际上已经暗地里换成了旧封缄了。韩雍站起来谢
罪，又要杖责送信的士兵。太监认为韩雍是真诚的，反而解救送
信的士兵，双方愉快畅饮后结束了宴会。

　　这就是王韶欺骗郭逵的计谋，只是韩雍做得更看不出痕迹。
　　郭逵在西北边境为帅，王韶刚因处置西部事务来到边关。郭
逵知道王韶必定在边关挑起战事，于是准备了边关财政赋税以及
商家资料，派人送去问王韶的意见。王韶读了，怒气展现在脸
上，把资料扔在地上很长时间，然后才慢慢拿起来收入怀中，走
进内室后又出来，当着使者的面撕碎了资料。郭逵把这件事奏报
给皇帝，皇帝因此询问王韶。王韶把原来的资料呈送皇帝，没有
一个字是损坏的。皇上没有看出是王韶的计谋，认为郭逵的话不
诚实。从那儿以后凡是郭逵的建议，皇帝都不理会，而王韶就获
得更多权势了。

捷智部　应卒卷十七

西江有水，遐不及汲。

壶浆箪食，贵于拱璧。

岂无永图，聊以纾急。

集《应卒》。

张　良

　　高帝已封大功臣二十余人，其余日夜争功不决。上在洛阳南宫①，望见诸将往往相与坐沙中偶语。以问留侯。对曰："陛下起布衣，以此属取天下。今为天子，而所封皆故人②，所诛皆仇怨。故相聚谋反耳！"上忧之，曰："奈何？"留侯曰："上生平所憎，群臣所共知，谁最甚者？"上曰："雍齿③数窘我。"留侯曰："今急。先封雍齿，则群臣人人自坚矣。"乃封齿为什方侯，群臣喜曰："雍齿且侯。吾属无患矣！"

　　温公④曰："诸将所言，未必反也。果谋反，良亦何待问而后言邪？徒以帝初得天下，数用爱憎行诛赏，群臣往往有觖望自危之心，故良因事纳忠以变移帝意耳！"袁了凡曰："子房为雍齿游说，使帝自是有疑功臣之心，致三大功臣相继屠戮，未必非一言之害也！"由前言，良为忠谋；由后言，良为罪案。要之布衣称帝，自汉创局，群臣皆比肩共事之人，若觖望自危，其势必反。帝所虑亦止此一著，良乘机道破，所以其言易入，而诸将之浮议顿息，不可谓非奇谋也！若韩、彭⑤俎醢⑥，良亦何能逆料之哉！

译文

汉高祖已经封赏了二十多位大功臣，其余的人日夜争论功劳以至于无法决定。高祖在洛阳南宫，看见很多将领常常坐在沙地上窃窃私语，就去问张良。张良说："陛下以平民之身起兵，依靠这些人取得天下。如今您是天子，但封赏的都是您的老朋友，诛杀的都是跟您有仇怨的，所以将领们聚在一起商量谋反呢！"高祖忧心了，说："有什么办法吗？"张良说："您平生所憎恨的，群臣都知道的，谁排第一？"高祖说："雍齿好几次让我难堪。"张良说："现在情况紧急，先封雍齿，那么群臣自然会人人都安心了。"于是雍齿被封为什方侯。大臣们都高兴地说："连雍齿都封侯了，我们没什么可担忧的了。"

司马光说："诸位将领所谈论的，未必是谋反的事。如果真是谋反，张良又怎么会等到被问起才说话？只是因为高祖刚得到天下，多次用自己的爱憎来进行赏罚，群臣往往有了怨恨不安之心，因此张良才就这件事忠心进谏，以改变皇帝的想法。"袁了凡说："张良为雍齿说话，让高祖自此有了怀疑功臣的心思，以至于三个大功臣相继被杀，未尝不是张良一句话导致的灾祸啊！"看前面的话，张良的行为是忠心谋划；看后面的话，张良的行为导致了罪案。总之平民当皇帝的先例，从汉朝开始创立，大臣们都是和皇帝一起共同做事的人，如果他们心中怨恨不安，势必会造反。高祖所忧虑的也就是这一点，张良乘机说破，所以他的话容易被听进去，而且诸位将领没有根据的言论立刻平息，不能说不是奇妙的方法啊！至于将来韩信、彭越被剁成肉酱，张良又怎么能提前知道啊！

救积泽火

鲁人烧积泽①，天北风，火南倚，恐烧国②。哀公自将众趋救火者。左右无人，尽逐兽，而火不救。召问仲尼③，仲尼曰："逐兽者乐而无罚，救火者苦而无赏，此火之所以无救也。"哀公曰："善。"仲尼曰："事急，不及以赏救火者。尽赏之，则国不足以赏于人。请徒行罚。"乃下令曰："不救火者，比降北之罪；逐兽者，比入禁之罪！"令下未遍，而火已救矣。

贾似道④为相。临安失火，贾时方在葛岭⑤，相距二十里。报者络绎，贾殊不顾，曰："至太庙则报。"俄而报者曰："火且至太庙！"贾从小肩舆，四力士以椎剑护，里许即易人，倏忽即至。下令肃然，不过曰："焚太庙者斩殿帅！"于是帅率勇士一时救熄。贾虽权奸，而威令必行，其才亦自有快人处。

注释

①积泽：鲁国都城北面的沼泽。②国：都城。③仲尼：孔子，字仲尼。④贾似道：宋理宗贾贵妃之弟，南宋权臣，专政多年，导致朝政败坏，后被革职。⑤葛岭：贾似道府第所在地。传说晋时有葛洪在此炼丹，因此称葛岭。

译文

鲁人放火焚烧都城北边的沼泽，天正刮北风，火势向南蔓延，恐怕会烧了都城。鲁哀公亲自带着众人催促大家去救火。可鲁哀公发现身旁没有人，人都去追逐逃窜出来的野兽了，而火却没有人救。鲁哀公召见孔子，问怎么办，孔子说："追逐野兽有好处还不受责罚，救火辛苦而且没有赏赐，这火因此没办法救啊。"鲁哀公说："你说得对。"孔子说："情况紧急，等不及用赏赐奖励救火的人。而且人人都奖赏，那么整个国家都不够赏的。请仅使用刑罚。"鲁哀公于是下令："不救火的，比照投降、战败治罪；追逐野兽的，比照闯入封禁山林治罪！"命令还没有传遍，火已经扑灭了。

贾似道当丞相。临安着火了，贾似道当时还在葛岭，距离着火的地方二十里。来报信的人络绎不绝，贾似道都不加理会，说："烧到太庙再来报告。"不久有人报告说："火要烧到太庙了！"贾似道乘坐肩抬小轿，四个力气大的人带着椎剑护卫，一里左右就换人抬轿，顷刻之间就到了。他严肃地下令，只是说："如果太庙被烧了，就杀了统领禁军的殿前指挥使治罪！"于是指挥使带领勇猛的士兵很快扑灭了大火。贾似道虽然是弄权奸臣，但他令出必行，他的才干也自然有让人赞赏的地方。

直百钱

备攻刘璋①，备与士众约："若事定，府库百物，孤无预②焉。"及拔成都，士众皆舍干戈赴诸藏竞取宝物。军用不足，备甚忧之。刘巴③曰："易耳！但当铸直百钱，平诸物价，令吏为官市。"备从之，数月间府库充实。

无官市则直百钱不能行，但要紧在平价，则民不扰而从之如水矣。

注释

① 刘璋：字季玉，东汉末年宗室、军阀，于其父死后继任益州牧。刘璋曾迎刘备入益州，以抗曹操。后刘备反攻刘璋，刘璋归降，迁居荆州。关羽失荆州后，刘璋归属东吴，被孙权任命为益州牧。② 预：干预。③ 刘巴：字子初，深受刘备倚重，刘备称汉中王后任刘巴为尚书，后又继法正为尚书令。

译文

刘备攻打刘璋。刘备对士兵许诺："如果得胜，刘璋府库中所有财物，我一件都不取。"等到攻克成都，士兵都丢下兵器奔去各个府库，争相夺取财宝。军需费用不足，刘备十分担忧。刘巴说："这很容易！只要立刻铸造以一当百的钱，平抑物价，再让官员设置官方市场。"刘备听从了他的话，几个月的时间府库就充盈了。

没有官方设立的市场则以一当百的钱不能流通，但最重要的还在于以一当百的钱可以稳定物价，那么便可在不惊扰百姓的情况下，让政令如流水那样顺畅地被执行。

边老卒

丁大用①征岭南②，京军乏食，掠得寇稻，以刀盔为杵舂。边鄙老卒笑其拙，教于高阜择净地，坎之如臼然，燃茅锻③之，令坚实，乃置稻其中，伐木为杵以舂，甚便。

注释

①丁大用：明朝官员。②岭南：越城岭等五岭一线以南地区。③锻：同"煅"，烧制。

译文

丁大用征讨岭南时，京城来的士兵缺乏粮食，只能抢敌人的稻谷，士兵用刀为杵、盔为臼来捣米。边疆不起眼的老兵笑他们笨拙，教他们在高地上找一块干净的地方，挖出臼的形状，在其中点燃茅草烧制，让它变得坚硬结实，然后把稻谷放进去，砍树做成杵来舂米，十分便捷。

曹　操

魏武①尝行役，失汲道②，军皆渴。乃令曰："前有大梅林，饶③子甘酸，可以解渴。"士卒闻之，口皆出水，乘此得及前源。

注释

①魏武：曹操，封魏王。魏建立后被追尊为太祖，谥武。

②汲道：取水之道。这里指水源。③饶：丰富，很多。

译文

　　曹操曾经率兵行军，错过水源，全军士兵都口渴。曹操于是对士兵说："前面有一大片梅林，梅子多而且酸甜可口，可以解渴。"士兵们听到这话，嘴里都流出口水，借此得以坚持到前面有水源的地方。

书城壁

　　金主亮①性多忌。刘锜②在扬州③，命尽焚城外居屋，用石灰尽白城壁，书曰："完颜亮死于此！"亮见而恶之，遂居龟山④，人众不可容，以是生变。

注释

　　①金主亮：金海陵王完颜亮。②刘锜：南宋大将，曾多次击败金军。③在扬州：在扬州大败金军后，刘锜率兵驻屯瓜洲，令真州、扬州居民迁居江南。④龟山：瓜洲龟山寺。

译文

　　金主完颜亮向来多忌讳。刘锜驻屯扬州时，命人把城外的房屋全都烧掉，用石灰刷白城墙，上面写："完颜亮死在这里。"完颜亮见了心里不舒服，于是住到龟山寺，金军将士不能容忍他的刚愎自用，由此诱发了兵变。

邵 溥

靖康之变^①，金人尽欲得京城宗室。有献计者，谓宗正寺玉牒^②有籍可据。虏酋立命取牒。须臾持至南薰门亭子。会虏使以事暂还，此夜唯监交官物数人在焉，户部邵泽民^③[溥]其一也，遽索视之，每揭二三板，则掣取一板投火炉中，叹曰："力不能遍及也。"通籍中被焚者十二三。俄顷虏使至，吏举籍授之，遂按籍以取。凡京城宗室获免者，皆泽民之力。

昔裴谞^④为史思明^⑤所得，伪授御史中丞。时思明残杀宗室，谞阴缓之，全活者数十百人。乃知随地肯作方便者，皆有益于国家，视死抄忠孝旧本子者，不知孰愈？

注释

①靖康之变：靖康二年（1127年）金军攻入北宋都城，掳走宋徽宗、宋钦宗二帝，导致北宋灭亡的历史事件。②玉牒：皇族族谱，宋代每十年一修。③邵泽民：邵溥，字泽民，著名理学家邵雍之孙。④裴谞（xū）：字士明，安史之乱平息之后任太子中允、考功郎中，又得任饶、庐、亳三州刺史等职，受到唐代宗欣赏。⑤史思明：曾为安禄山部下，多次归顺、叛变唐朝廷，后自立为大燕皇帝。其与安禄山造成唐朝八年乱局，史称"安史之乱"。

译文

靖康之变发生后，金人想要掳走所有宋朝京城的皇族。有人出主意，说宗正寺有皇族宗谱，可以以宗谱上的记录为依据。金军首领立即命令去取皇族族谱。不久有人带着皇族族谱来到了京城南薰门那儿的亭子里。正赶上金人使者因为有事暂时离开，因此夜里只有监管交接官方财物的几个人在，户部的邵泽民［名溥］是其中之一。邵溥匆忙拿过族谱来看，每翻开两三页，就抽出一页扔到火炉中，他叹息说："可惜能力有限，不能救所有人啊。"所有族谱中被烧的有十分之二三。不久金人使者来了，官吏拿着皇族族谱给他，于是金人按照族谱抓人。凡是京城里得以幸免的宗室，都是仰赖邵溥的努力。

以前裴谞被史思明俘虏，被授予伪御史中丞之职。当时史思明残酷杀害唐朝宗室，裴谞暗中救助，救活的一共有几十上百人。因此可见根据情况肯做出变通的人，也都是有益于国家的，这和那些视死如归、死抄忠孝旧书本的人，不知谁更有益于国家呢？

捷智部　敏悟卷十八

剪彩成花，青阳笑之。
人工则劳，大巧自如。
不卜不筮，匪虑匪思。
集《敏悟》。

文彦博　司马光

彦博[①]幼时，与群儿戏击毬[②]。毬入柱穴中，不能取。公以水灌之，毬浮出。

司马光幼与群儿戏。一儿误堕大水瓮中，已没，群儿惊走。公取石破瓮，遂得出。

二公应变之才，济人之术，已露一斑。孰谓"小时了了者，大定不佳"耶？

注释

①彦博：文彦博，字宽夫，北宋天圣年间进士，历经宋仁

宗、英宗、神宗、哲宗四朝，为宋朝元老重臣，是历史上著名政治家、书法家。②毬：内部填实的皮球，球外面有毛。

译文

文彦博小的时候，和一群小孩一起玩毬。毬掉入柱子空洞中，不能取出来。文彦博就用水灌洞，毬就浮出来了。

司马光小时候和小孩们一起玩。有一个小孩不小心掉进了大水缸里，水已经把他淹没了，别的小孩都被吓跑了。司马光找来石头砸破水缸，小孩便被救出来了。

文彦博和司马光两人机智应变的才能、救助别人的本事，幼时已经显露端倪。谁说"小时候聪明，大了肯定不好"呢？

王　戎

王戎[①]年七岁时，尝与诸小儿游。瞩见道旁李树，有子扳折，诸小儿竞走之，唯戎不动。人问之，答曰："树在道旁而多子，此必苦李。"试之果然。

许衡[②]少时，尝暑中过河阳，其道有梨，众争取啖之，衡独危坐树下自若。或问之，曰："非其有而取之，不可。"曰："人亡世乱，此无主矣！"衡曰："梨无主，吾心独无主乎？"［边批：真道学。］合二事观，戎为智，衡为义，皆神童也。

注释

①王戎：字濬冲，三国至西晋时期名士、官员，"竹林七贤"

之一。官至司徒，位列三公。②许衡：字仲平，号鲁斋，世称"鲁斋先生"，应忽必烈征召出仕，博学多知，金末元初理学家、教育家、政治家。

王戎七岁时，曾经和一些小孩出游。大家看到路边有一棵李子树，树上的果实压弯了树枝，这些孩子都争相跑过去摘李子，只有王戎不动。有人问他为什么，他说："树长在路边而有许多果实，这必定是苦的李子。"尝一下，果然像王戎说的那样。

许衡年轻的时候，曾经在天正热的时候经过河阳，路边有梨，大家争相摘梨吃，只有许衡端正地坐在树下，神态如常。有人问他，他说："不是我的东西而去拿，不可以。"别人说："人在乱世里逃亡，这不是有主人的梨！"许衡说："梨没有主人，我的心难道也没有主人吗？"［边批：真正的道学先生。］综合王戎和许衡的故事来看，王戎不摘李是因为聪明，许衡不吃梨是因为道义，两个人都是神童。

曹　冲

曹冲①［字仓舒］，自幼聪慧。孙权尝致巨象于曹公，公欲知其斤重，以访群下，莫能得策。冲曰："置象大船之上，而刻其水痕所至，称物以载之，一较可知矣。"冲时仅五六岁，公大奇之。

①曹冲：字仓舒，曹操之子，从小聪慧仁爱，深得曹操喜爱，

据称曹操有立他为嗣之意。可惜未成年而病逝，年仅十三岁。

译文

曹冲［字仓舒］从小就聪慧。孙权曾经送给曹操一头大象，曹操想知道大象有多少斤重，就问大臣们怎么办，大臣们没有能想出办法的。曹冲说："把大象放到大船上，刻下大船吃水的深度，然后再把其他能称重的东西放到大船上，一比较就知道大象多重了。"当时曹冲年仅五六岁，曹操感到大为惊奇。

怀 丙

宋河中府①浮梁②，用铁牛八维之，一牛且数万斤。治平中，水暴涨绝梁，牵牛没于河。募能出之者。真定③僧怀丙以二大舟实土，夹牛维之，用大木为权衡状钩牛，徐去其土，舟浮牛出。转运使张焘以闻，赐之紫衣④。

注释

①河中府：因位于黄河中游而称河中府，今山西省永济市蒲州镇。②浮梁：浮桥。③真定：地名。④紫衣：唐代以后，官方赐紫色袈裟给僧人，以示嘉奖。

译文

宋时河中府的浮桥，曾经用八头铁牛拴住，一头铁牛有数万斤重。治平年间，河水暴涨，冲毁了浮桥，拴浮桥的铁牛也淹没于河中。官府招募能把铁牛捞出来的人。真定的僧人怀丙把两艘大船装满土，用绳子将铁牛绑在两艘船中间，用大木头做成秤钩形状钩住牛，慢慢扔掉船上的土，船浮起来，铁牛也出来了。转运使张焘听说这件事后就赐给怀丙紫色袈裟以示嘉奖。

河水干

宋王^①有疾，夜梦河水干，忧形于色。以为君者，龙^②也；河无水，龙失其居，不祥。值宰辅问疾，以此询之。或曰："河无水，乃'可'字。陛下之疾当可矣。"帝欣然，未几疾愈。

注释

①宋王：宋朝皇帝。戏曲《四郎探母》剧目里，有"我大哥替宋王席前遭难"的戏词。②龙：龙是皇帝的象征，代表皇权至高无上，皇帝自称"真龙天子"。

译文

宋朝皇帝生病了，夜里梦见河水干了，忧愁的神色显现在脸上。皇帝认为做君王的人，是龙，河里没有水，那么龙就没有存身的地方，不吉祥。值班的宰相来询问病情，皇帝让他解读这个梦。宰相说："河没有水，就是'可'字。陛下的病必定可以痊愈。"皇帝听了很高兴，不久病就好了。

语智部　辩才卷十九

侨童有辞，郑国赖焉。

聊城一矢，名高鲁连。

排难解纷，辩哉仙仙。

百尔君子，毋易繇言。

集《辩才》。

左师触龙

秦攻赵。赵王[①]新立，太后[②]用事，求救于齐。齐人曰："必以长安君[③]为质。"太后不可。齐师不出。大臣强谏，太后怒甚，曰："有复言者，老妇必唾其面！"左师[④]触龙请见，曰："贱息[⑤]舒祺最少，不肖，而臣衰，窃爱之，愿得补黑衣之缺，以卫王宫。愿及臣未填沟壑而托之！"太后曰："丈夫亦爱少子乎？"对曰："甚于妇人。"太后笑曰："妇人异甚！"对曰："老臣窃以为媪之爱燕后，贤于长安君。"太后曰："君过矣！不如长安君之甚！"左师曰："父母爱其子，则为之计深远。媪之送燕后也，持其踵[⑥]而哭，念其远也，亦哀之矣。已行，非不思也，祭祀则祝之曰：

'必勿使反。'岂非为之计长久，愿子孙相继为王也哉？"太后曰："然。"左师曰："今三世以前，至于赵王之子孙为侯者，其继有在者乎？"曰："无有。"曰："此其近者祸及身，远者及其子孙。岂人主之子侯则不善！位尊而无功，奉厚而无劳，而挟重器多也！今媪尊长安之位，封以膏腴之地，多与之重器，而不及今令有功于赵，一旦山陵崩，长安君何以自托于赵哉？"太后曰："诺，恣君之所使之。"于是为长安君约车百乘，质于齐。齐师乃出，秦师退。

注释

①赵王：赵惠文王死后，其子太子丹继位，称赵孝成王。②太后：孝成王之母，史称赵威后。③长安君：孝成王同母弟。④左师：官名，位同上卿。此时赵国此职位无实权，为优待老臣而设。⑤贱息：对自己儿子的谦称。息，子嗣、儿子。⑥持其踵：握住其脚跟。燕后已经登车，因此站在车下只能握住其脚跟。

译文

秦军攻打赵国。赵孝成王刚继位，太后执掌朝政，派人向齐国求救。齐国说："一定要用长安君做人质。"太后不答应。齐国军队不出动。大臣们极力劝说，太后十分生气，说："再有来说的，我必定吐他一脸唾沫。"左师触龙请求觐见，说："我的儿子舒祺年龄最小，没什么出息，但臣老了，暗自偏爱他，希望他能补身着黑衣的宫廷卫士的缺，让他护卫王宫。我想趁着我还没入土的时候把他托付给您。"太后说："男人也疼爱小儿子吗？"触龙说："比妇女更厉害！"太后笑着说："妇女比男人偏爱得更厉害！"触龙说："我暗自认为您疼爱燕后，多过疼爱长安君。"太后说："您错了！我疼爱燕后不如疼爱长安君。"触龙说："父母爱他们的孩子，就会为他做长远谋划。您之前送别燕后的时候，握住她的脚跟流泪，是考虑她嫁得远，也是怜爱她啊。她已去了燕国，不是不想念她，但祭祀的时候还是为她祝祷说：'一定不要让她回来。'难道不是为她考虑长远，希望她的后代子孙相继为王吗？"太后说："是的。"触龙说："从现在往上数三代，那时赵王的子孙被封为侯的，他们的后继者还有在的吗？"太后说："没有。"触龙说："这就是近的灾祸殃及自身，远的灾祸殃及子孙。难道君主的子孙封侯就不好吗？地位尊贵而没有功劳，俸禄优厚而没有付出辛苦，却占有珍宝重器！如今您给长安君尊贵的地位，封给他肥沃的土地，给他很多的权势和财富，如果现在不及时让他趁机为赵国立功，以后您一旦驾崩，长安君凭什么让自己在赵国立足呢？"太后说："好吧。按照您的想法安排他吧。"于是赵国为长安君准备一百辆车，送他到齐国做质子。齐国军队这才出兵，秦国军队撤退。

王　维

　　弘治①时，有希进用者上章②，谓山西紫碧山产有石胆③，可以益寿。遣中官经年采取，不获，民咸告病。按察使王维祥符④人，令采小石子类此者一升，以示中官。中官怒，曰："此搪塞耳！其物载诸书中，何以谓无？"公曰："凤凰、麒麟，皆古书所载，今果有乎？"

注释

　　①弘治：明孝宗朱祐樘年号。②上章：官员、百姓呈给皇帝或官府的文书。③石胆：矿物名，也叫胆矾。《神农本草经》中

记载，"炼饵服之，不老，久服增寿"。④祥符：地名，在今河南省开封市境内。

译文

　　弘治年间，有想谋官职的人上书，说山西紫碧山上产出石胆，可以增加寿命。皇帝派宦官常年寻找，找不到，百姓都抱怨不已。按察使王维是祥符人。他命人采集了一升像石胆的小石子，给宦官看。宦官发怒，说："这是胡乱应付！石胆这种东西记载在很多书里，怎么能说没有呢？"王维说："凤凰、麒麟，都是古书里记载的，现在真的有吗？"

—语智部　善言卷二十—

唯口有枢，智则善转。

孟不云乎，言近指远。

组以精神，出之密微。

不烦寸铁，谈笑解围。

集《善言》。

说秦王

秦王与中期[①]争论不胜。秦王大怒，中期徐行而去。或为中期说秦王曰："悍人耳！中期适遇明君故也。向者遇桀、纣，必杀之矣！"秦王因不罪。

注释

① 中期：战国时候秦国辩士，懂音律，曾侍奉秦昭王。

译文

秦王与中期争论，不能取胜。秦王十分恼怒，中期慢慢走着离去。有人为了中期去劝说秦王道："执拗的人啊！中期恰好遇到明君了。如果遇到从前夏桀、商纣那样的君王，肯定早就被杀了！"秦王因此没有怪罪中期。

晏子二条

齐有得罪于景公①者，公大怒，缚置殿下，召左右肢解之："敢谏者诛！"晏子左手持头，右手磨刀，仰而问曰："古者明王圣主肢解人，不知从何处始？"公离席曰："纵之。罪在寡人。"

注释

①景公：齐景公，姜姓，吕氏，名杵臼，齐灵公之子，齐庄公之弟。他厚赋重刑，又好奢靡享乐，常被晏婴谏阻。

译文

齐国有人得罪了齐景公，景公大为生气，把他绑了放在大殿之下，命身边的人将他处以肢解的刑罚："有敢前来劝谏的，杀！"晏子左手揪住那人的头，右手磨刀，仰着脸问景公："不知道古代明君圣主肢解人，从哪儿开始肢解的呢？"景公站起来说："放了他吧。是寡人的错。"

时景公烦于刑，有鬻踊者①。[踊，刖者所用。]公问晏子曰："子之居近市，知孰贵贱？"对曰："踊贵履贱②。"公悟，为之省刑。

注释

① 鬻踊者：卖假肢的人。② 踊贵履贱：假肢贵而鞋子便宜，显示受砍脚之刑的人多，假肢因而供不应求。

译文

景公时刑罚众多，就有卖踊的人。[踊，被砍了脚的人用的假肢。]景公问晏子："你住的地方临近市场，你知道什么贵什么便宜吗？"晏子回答："踊贵，鞋便宜。"景公有所领悟，因此削减了刑罚。

晏子之谏，多讽而少直，殆滑稽之祖也。其他使荆、使吴、使楚事，亦皆以游戏胜之。觉他人讲道理者，方而难入。

晏子将使荆①。荆王与左右谋，欲以辱之。王与晏子立语，有缚一人过王而行。王曰："何为者？"对曰："齐人也。"王曰："何坐？"对曰："坐盗。"王曰："齐人故盗乎？"晏子曰："江南有橘，取而树之江北，乃为枳②。所以然者，其地使然。今齐人居齐不盗，来之荆而盗，荆地固若是乎？"王曰："圣人非所与戏也，只取辱焉！"晏子使吴。王谓行人③曰："吾闻婴也，辩于辞，娴于礼。"命傧者④："客见则称天子。"明日，晏子有事，行人曰："天子请见。"晏子慨然者三，曰："臣受命敝邑之君，将使于吴王之所。不佞而迷惑，入于天子之朝。敢问吴王乌乎存？"然后吴王曰："夫差请见。"见以诸侯之礼。晏子使楚。晏子短，楚人为小门于大门之侧而延⑤晏子。晏子不入，曰："使狗国者，从狗门入。臣使楚，不当从此门。"傧者更从大门入。见楚王，王曰："齐无人耶？"晏子对曰："齐之临淄⑥三百闾⑦，张袂成帷，挥汗成雨。何为无人？"王曰："然则何为使子？"晏子对曰："齐命使，各有所主，其贤者使贤主，不肖者使不肖主。婴最不肖，故使楚耳。"

①荆：楚国的别名，是一种蔑称。楚国人自己不用此称呼。②枳：像橘而不是橘，果实小，味道酸，叶子多刺。③行人：掌管朝觐礼仪的官。④傧者：负责接引宾客的官。⑤延：邀请。⑥临淄：齐国都城，在今山东省淄博市。⑦三百闾：古代一闾为二十五家。"闾"原指里巷的大门，后指人聚居的地方。三百闾，指人很多。古代国家人口多则国力强盛。

译文

　　晏子的劝谏，多讽喻而少直言，算是滑稽流派的始祖了。那些出使楚国、吴国的事，也都是用戏谑的方式胜过了对方。比较之下，其他讲道理的人就显得拘泥而不容易被接受。

　　晏子将要出使楚国。楚王和身边的人商量，想要羞辱晏子。楚王与晏子站着说话，有人押送一个绑着的人从楚王面前走过。楚王问："那是什么人？"押送者回答："是齐国人。"楚王问："犯了什么罪？"回答说："犯了盗窃罪。"楚王说："齐国人都爱盗窃吗？"晏子说："江南有橘树，把它挖了移植到江北，就成了枳树。之所以这样，是因为江北的地理环境影响的。现在齐国人在齐国的时候不盗窃，来了楚国就盗窃，楚国原来就是这样的吗？"楚王说："圣人是不能戏弄的，只会自取其辱啊！"晏子出使吴国。吴王对礼仪官说："我听说晏婴这个人，善于词辩，熟悉礼仪。"于是对接引宾客的官说："客人来朝见的时候就称我为天子。"第二天，晏子来求见，礼仪官说："请入见天子。"晏子长叹三声，说："我接受我们君王的命令，要出使到吴王的宫廷。我没有才干而被迷惑，居然到了周天子的朝廷。请问吴王在哪里啊？"之后吴王命人说："请入见夫差。"晏子以朝见诸侯的礼节觐见夫差。晏子出使楚国。晏子矮，楚国人在大门旁边开了小门，邀请晏子进入。晏子不进，说："出使狗国的人，从狗门进。

我出使楚国，不该从这个门进。"接引官改请晏子从大门进入。见了楚王，楚王说："齐国没人了吗？"晏子回答说："齐国临淄有三百间的人家，所有人的衣袖展开连起来能形成帷幕，人们挥洒的汗水就像下雨一样。怎么说没人呢？"楚王说："那么为什么派你为使者呢？"晏子回答说："齐国任命使者，各有所对应的国君，贤明的使者对应贤明的国君，无能的对应昏庸的国君。我最无能，所以来出使楚国了。"

简　雍

先主①时天旱，禁私酿。吏于人家索得酿具，欲论罚。简雍②与先主游，见男女行道，谓先主曰："彼欲行淫，何以不缚？"先主曰："何以知之？"对曰："彼有其具！"先主大笑而止。

注释

①先主：刘备，史称蜀先主。②简雍：涿郡（今河北省涿州市）人，刘备谋士，素得刘备倚重。简雍年少时便与刘备相熟，后跟随刘备到荆州。刘备入居成都后，简雍官拜昭德将军。

译文

刘备在位时因天旱，粮食减产，禁止私自酿酒。有官吏从百姓家中搜出酿酒器具，想要依法治罪。简雍和刘备出游，见到一对男女在路上走，就对刘备说："他们要做淫乱之事，为什么不绑起来？"刘备说："你怎么知道的呢？"简雍说："他们身上有行淫乱的'器具'啊！"刘备大笑，就下令不再处罚那户被搜出酿酒器具的人家了。

裴　度

　　裴度^①为相时，宪宗^②将幸东都，大臣切谏，不纳。度从容言："国家建别都，本备巡幸。但自艰难^③以来，宫阙署屯^④，百司之区，荒圮弗治。必假岁月完新，然后可行。仓卒无备，有司且得罪。"帝悦曰："群臣谏朕不及此。如卿言，诚有未便，安用往耶？"因止不行。

注释

　　①裴度：字中立，唐德宗贞元年间进士。淮西之乱时，裴度亲督诸将平乱，以功封晋国公。裴度出将入相二十余年，辅佐唐宪宗实现"元和中兴"。②宪宗：初名淳，后改名纯，年号"元和"。唐顺宗李诵长子。③艰难：安史之乱。④署屯：官署和军营。

译文

　　裴度为宰相时，唐宪宗想巡幸东都，大臣们极力劝阻，唐宪宗都不听从。裴度从容地说："国家建立另外的都城，就是预备皇帝巡幸的。但是自从安史之乱以来，宫殿、官署、军营、百官居住的地方，都已经荒芜坍塌，还没有修整。这必须要花费时间来翻新，然后您才能成行。仓促之间没有准备，相关部门都会因招待不周而获罪。"唐宪宗听了很高兴，说："大臣们劝谏我时都没说到这些。就像你所说的，确实有不方便的地方，何必非要去呢？"因此唐宪宗打消了念头，没有去东都。

李　晟

　　李怀光[①]密与朱泚[②]通谋，事迹颇露。李晟[③]累奏，恐其有变，为所并，请移军东渭桥[④]。上犹冀怀光革心，收其力用，奏寝不下。怀光欲缓战期，且激怒诸军，言："诸军粮赐薄，神策独厚，厚薄不均，难以进战。"上以财用方窘，若粮赐皆比神策，则无以给之，不然，又逆怀光意，恐诸军觖望，乃遣陆贽[⑤]诣怀光营宣慰。因召李晟参议其事。怀光欲晟自乞减损，使失士心，沮败其功，乃曰："将士战斗同，而粮赐异，何以使之协心？"贽未有言，数顾晟。晟曰："公为元帅，得专号令。晟将一军，受指纵而已。至于增减衣食，公当裁之。"怀光嘿然。

注释

　　①李怀光：唐朝将领，年轻时曾在郭子仪麾下作战。时任朔方节度使。②朱泚：蓟州刺史朱怀珪之子。泾原兵变中，被哗变的士兵拥立为帝。兵败后为部将所杀。③李晟：字良器，唐朝中期名将，跟随河西节度使王忠嗣征讨吐蕃，号称"万人敌"。大历八年，入为右神策军都将。泾原兵变之后，李晟亲率神策军往奉天勤王护驾。④移军东渭桥：李怀光担心李晟抢占军功，于是请求与李晟合兵一处，双方会师咸阳桥。在咸阳桥驻军许久，李怀光都蹉跎不进，李晟暗觉有异，于是想要率军回驻东渭桥。⑤陆贽：唐代宗年间进士，少年得志。唐德宗时，被召为翰林学士。泾原兵变时，随唐德宗避走奉天，参赞政务，有"内相"之称。

李怀光暗中与朱泚勾结，造反的迹象已显露。李晟多次上奏皇帝，担心李怀光兵变，吞并他属下兵力，请求率军移驻东渭桥。唐德宗心中还希望李怀光改变心意，收其兵力为己所用，李晟的奏折被压下来，没有批复。李怀光想要拖延作战时间，并激怒军队，他说："皇帝赐给大家的粮饷少，只有给神策军的粮饷多，粮饷厚薄不均，难以出兵作战。"唐德宗考虑到财政用度正困窘，如果粮饷配给都像神策军那样，就没有足够的粮饷了，可是不答应，又违背了李怀光的意思，恐怕军队失望、怨恨，于是派陆贽到李怀光军中代表皇帝抚慰将士。李晟也因此被召来参与商议这件事。李怀光想让李晟自己请求减少粮饷，让他失去军心，打击、挫伤其战斗力，于是说："将士一同作战，赐给的粮饷却不同，怎能让大家齐心协力呢？"陆贽没说话，几次看向李晟。李晟说："李公是元帅，有自行决断、发号令的权力。我只统领一支军队，仅接受指示而已。至于增加、减少衣食这些事，应当由李公来决定。"李怀光听了沉默无言。

兵智部　不战卷二十一

形逊声，策绌力。

胜于庙堂，不于疆场。

胜于疆场，不于矢石。

庶可方行天下而无敌。

集《不战》。

荀䓖　伍员

鲁襄①时，晋、楚争郑。襄公九年，晋悼公帅诸侯之师②围郑。郑人恐，乃行成。荀偃③曰："遂围之，以待楚人之救也，而与之战；不然，无成。"〔边批：亦是。〕知䓖④曰："许之盟而还师以敝楚。吾三分四军⑤，与诸侯之锐，以逆来者，于我未病，楚不能矣。犹愈于战，暴骨以逞，不可以争。大劳未艾。君子劳心，小人劳力，先王之制也。"乃许郑成。后三驾⑥郑，而楚卒道敝，不能争，晋终得郑。

①鲁襄：鲁襄公，姬姓，名午，鲁成公之子，公元前572年到公元前542年在位。②诸侯之师：因为郑朝见楚国，晋国联合齐、鲁、宋、卫、曹、莒、邾、滕、薛、杞、郳，十二国诸侯共同讨伐郑国。③荀偃：姬姓，中行氏，名偃，谥号"献"，史称中行献子，晋国上军元帅。因中行氏出自荀氏，故又多称荀偃。④知罃：荀罃，晋中军元帅。⑤四军：晋国有上、中、下、新四军。⑥驾：兵车。此处引申为出兵。

译文

鲁襄公时，晋楚争抢郑国。鲁襄公九年，晋悼公联合其他诸侯国的军队包围郑国。郑国人害怕了，于是求和。荀偃说："继续包围郑国，等着楚国人来救援郑国，到时就可与之交战；如果不这样，不能真正讲和。"[边批：也有道理。]荀罃说："答应郑国结盟然后撤走军队，楚国必定出兵攻打郑国而导致军队疲敝。我们把上、中、下、新四军分成三部分，加上其他诸侯国的精锐部队，来拦截楚军，我们的士兵轮番出战而不会疲惫，楚国必然不能持久。这比前面包围郑国等待决战要好。暴露士兵的尸骨在荒野以求一时之胜，这种方法是不可以的。更大的征战还未止息。君子用智谋，小人用力气，这是前代君王的训诫啊。"于是答应与郑国讲和。后来晋国三次出兵郑国，楚国士兵都因长途奔波而疲惫不堪，无法战胜晋军，晋国终于得到了郑国。

吴阖闾①既立，问于伍员②曰："初而言伐楚③，余知其可也。而恐其使余往也，又恶人之有余之功也。今余将自有之矣，伐楚何如？"对曰："楚执政众而乖④，莫适任患。若为三师以肄⑤焉，一师至，彼必皆出；彼出则归，彼归则出，楚必道敝。

亟⑥肆以罢之，多方以误之。既罢，而后以三军继之，必大克之。"阖闾从之，楚于是乎始病。

注释

①阖闾：姬姓，名光，吴王诸樊之子。公元前515年，派专诸刺杀堂兄弟吴王僚而自立。②伍员：伍子胥，名员，字子胥。③初而言伐楚：伍子胥本为楚国人，因父兄皆被楚平王所杀而投奔吴国，多次劝说吴王伐楚。④乖：违背。⑤肆：突然发起袭击又突然撤退。⑥亟：多次。

译文

吴王阖闾即位了，他问伍子胥说："起初您说攻打楚国，我知道可行，但担心吴王僚让我率兵前往，我又不想让别人占了我的功劳。现在我将自己享有攻楚的功业，去攻打楚国怎么样？"伍子胥说："楚国当政的人多而且意见互相矛盾，没有人能统一意见，于是任由麻烦发展。如果派出三支军队突然发动攻击，又突然撤回，一支军队到了，楚军必定全军出动。楚军出动我们就撤回；楚军撤回我们就出动，那么楚军必定因在路上奔波而疲累。多次出击又撤回让他们疲惫，用各种方法让他们上当。等他们完全疲惫，再派三军出击，必定能大胜楚军。"阖闾听从了伍子胥的话，楚军于是开始疲于奔命了。

晋、吴敝楚，若出一辙。然吴能破楚，而晋不能者，终少柏举之一战①也。宋儒乃以城濮之战咎晋文非王者之师。噫！有此议论，所以养成南宋为不战之天下，而竟奄奄以亡。悲夫！

按，吴璘制金，亦用此术。虏性忍耐坚久，令酷而下必死，每战非累日不决。于是选据形便，出锐卒，更迭挠之，与之为无穷，使不得休暇，以沮其坚忍之气，俟其少息，出奇胜之。

① 柏举之一战：公元前506年，吴、蔡、唐三国攻楚，在柏举大破楚军，顺势攻入楚国都城郢。

译文

晋与吴消耗楚国，方法几乎一模一样。然而吴国能攻破楚国，而晋国不能，终究是因为少了柏举之战啊。宋代学者因为城濮之战责备晋文公，称晋军不是王者之师。唉！有这样的说法，才养成了南宋这样不能作战的国家，以致终于衰败灭亡。可悲啊！

按，宋将吴璘克制金军，也是用的这种方法。金军生性善于忍耐、持久，其军令严酷，士兵誓死执行，每次战斗没有几天不能决出胜负。于是吴璘选择占据有利地形，派出精锐士兵，轮番骚扰金军，与他们无休止地纠缠，让金军不能休息，以挫败他们的坚忍士气，等到他们稍有懈怠的时候，派出奇兵战胜了他们。

程　昱

程昱①守鄄城，兵仅七百人。操闻袁绍在黎阳将南渡，欲以兵三千益之。昱不肯，曰："袁绍拥十万众，自以所向无前。今见昱兵少，必不来攻。若益以兵，则必攻，攻则必克。"绍果以昱兵少，不肯攻。操谓贾诩②曰："程昱之胆，过于贲、育③。"

七百与三千，均非十万敌也；而益兵之名，足以招寇。昱之见胜于曹公远矣！

①程昱：字仲德，本名程立，更名为程昱。曹操谋士，足智多谋，善断大事。曹丕称帝后，程昱为卫尉，封安乡侯。②贾诩：字文和，军事战略家，陈寿评价他是"算无遗策"，阎忠说他有张良、陈平之智谋。③贲、育：古代勇士孟贲、夏育。

译文

程昱驻守鄄城，手下只有士兵七百人。曹操听说袁绍要从黎阳渡河，向南进军，于是想给程昱增加三千名士兵。程昱不同意，说："袁绍有十万兵马，自认为所向无敌。现在看我这里兵少，肯定不会来攻打。如果增加士兵，则肯定来攻，而且肯定能攻占鄄城。"袁绍果然因为程昱兵少，不肯进攻鄄城。曹操对贾诩说："程昱的胆子，大过孟贲、夏育。"

七百士兵与三千士兵，都不是十万士兵的敌手，而增兵的名头足以招来贼寇。程昱的见识超过曹操很多啊！

陆　逊

嘉禾①三年，孙权北征②，使陆逊③与诸葛瑾④攻襄阳。逊遣亲人韩扁赍表奉报，还遇敌于沔中，钞逻⑤得扁。瑾闻之甚惧，书与逊云："大驾已旋，贼得韩扁，具知我阔狭，且水干，宜当急去！"逊未答，方催人种葑⑥豆，与诸将奕棋射戏如常。瑾曰："伯言多智略，其当有以。"自来见逊。逊曰："贼知大驾已旋，无所复虑，得专力于吾，又已守要害之处，兵将已动，且当自定以安之，施设变术，然后出耳。今便示退，贼当谓吾怖，仍来相蹙，必败之势！"乃密与瑾立计，令瑾督舟船，逊悉上兵马，以向襄阳城。敌素惮逊，遽还赴城。瑾便引舟出，逊徐整部伍，张拓声势，走趋船。敌不敢干，全军而退。

注释

①嘉禾：孙权年号。②孙权北征：234年，孙权号称率兵十万，攻打曹魏占据的新城。派遣陆逊等攻打襄阳，孙韶攻打淮阴、广陵。③陆逊：字伯言，三国时期吴国政治家、军事家。蜀帝刘备大举征吴时，陆逊为大都督，在夷陵之战中火烧连营，大破蜀军。陆逊文武兼备，追随孙权四十余年，为孙吴"社稷之臣"。④诸葛瑾：字子瑜，诸葛亮之兄。⑤钞逻：巡逻搜查。⑥蔀（fēng）：现称蔓菁，又名芜菁、狗头芥、卞萝卜等。

译文

嘉禾三年，孙权率军北征，命陆逊与诸葛瑾攻打襄阳。陆逊派亲信韩扁携带表章奏报孙权，回营途中在沔中遇敌，敌人负责搜查巡逻的士兵抓到了韩扁。诸葛瑾听说后十分害怕，写信给陆逊说："主君已经回朝，敌人抓到了韩扁，完全得知我军情况，而且江水变浅，应该迅速撤军。"陆逊没有回复，只忙着催人种蔓菁和豆子，像平常一样与将领们下棋、射箭。诸葛瑾说："伯言聪明又多谋略，他这么做应该是有原因的。"诸葛瑾亲自来见陆逊。陆逊说："敌人知道主君大军已经回朝，再没有什么担心的，可以集中力量对付我们，而且已经把守好关键的地方，调动了兵将，我们应当自己镇定下来以安定军心，根据情况施行灵活的战术，然后撤离。如果现在就下令撤退，敌人肯定认为我们害怕了，于是来追击，那是必然要溃败的！"于是陆逊与诸葛瑾秘密制定计策，让诸葛瑾督率船队，陆逊带上全部兵马，向着襄阳城进发。敌人向来忌惮陆逊，迅速掉头赶回襄阳城。诸葛瑾便率领小船出来，陆逊从容整顿军队，虚张声势，迅速上船。敌人不敢靠近，陆逊与诸葛瑾率领全军安全撤退。

李光弼

史思明屯兵于河清，欲绝光弼①粮道。光弼军于野水渡以备之。既夕，还河阳，留兵千人，使将雍希颢守其栅，曰："贼将高廷晖、李日越，皆万人敌也，至勿与战，降则俱来。"诸将莫谕其意，皆窃笑之。既而思明果谓日越曰："李光弼长于凭城，今出在野。汝以铁骑宵济，为我取之。不得，则勿反！"日越将五百骑，晨至栅下，问曰："司空在乎？"希颢曰："夜去矣。"日越曰："失光弼而得希颢，吾死必矣！"遂请降。希颢与之俱见光弼，光弼厚待之，任以心腹。高廷晖闻之，亦降。或问光弼："降二将何易也？"光弼曰："思明常恨不得野战，闻我在外，以为可必取。日越不获我，势不敢归。廷晖才过于日越，闻日越被宠任，必思夺之矣。"

注释

① 光弼：李光弼，契丹族，唐代杰出的军事将领，为武则天时归附唐朝的原契丹酋长李楷洛第四子。李光弼经郭子仪推荐为河东节度副使，参与平定安史之乱，大破叛军。后被封临淮郡王。李光弼善于出奇制胜，以少胜多，与郭子仪齐名，世称"李郭"。

传云："作事威克其爱，虽小必济。"然过威亦复偾事，史思明是也。

　　史思明驻兵于河清，想切断李光弼的粮道。李光弼率军在野水渡设防。到了晚上，李光弼回河阳，留下一千名士兵，命将领雍希颢把守营寨，说："敌军将领高廷晖、李日越，都是能抵挡万人的大将，一定不要与他们交战，他们来投降就带他们一起来见我。"诸位将领没有能明白他意思的，都悄悄嘲笑他。不久史思明果然对李日越说："李光弼擅长凭借城池防守，现在他出兵在郊野。你率领铁骑连夜渡河，帮我抓到他。抓不到他，就不要回来！"李日越带领五百名骑兵，早晨来到了唐军营寨下，问他们说："司空在吗？"雍希颢说："昨晚就离开了。"李日越说："失去李光弼而得到希颢，我必死无疑啊！"于是请求投降。雍希颢和他一起去见李光弼，李光弼给他优厚的待遇，把他当心腹任用。高廷晖听说了，也投降了。有人问李光弼："让两位将军投降怎么这么容易呢？"李光弼说："史思明常常遗憾不能野外作战，听说我在野外，认为必定可以抓到我。李日越不能抓到我，肯定不敢回去。廷晖才干超过李日越，听说李日越被宠信且受到重用，必定想着要取代他。"

　　《左传》中说："做事的时候威严胜过偏好，虽然力量弱小也能成功。"然而威严太过也会坏事，史思明就是这样。

兵智部　制胜卷二十二

危事无恒，方随病设。

躁或胜寒，静或胜热。

动于九天，入于九渊。

风雨在手，百战无前。

集《制胜》。

孙　膑

孙子[①]同齐使之齐，客田忌[②]所。忌数与齐诸公子逐射[③]。孙子见其马足不甚相远，马有上、中、下，乃谓忌曰："君第重射，臣能令君胜。"忌然之，与王及诸公子逐射千金。及临质，孙子曰："今以君之下驷[④]与彼上驷，取君上驷与彼中驷，取君中驷与彼下驷。"既驰三辈毕，而田忌一不胜而再胜，卒得五千金。

唐太宗尝言："自少经略四方，颇知用兵之要，每观敌阵，则知其强弱。常以吾弱当其强，强当其弱。彼乘吾弱，奔逐不过数百步。吾乘其弱，必出其阵后，反而击之，无不溃败。"盖用孙子之术也。

宋高宗问吴璘以胜敌之术，璘曰："弱者出战，强者继之。"高宗亦曰："此孙膑驷马之法。"

注释

①孙子：孙膑，战国军事家，孙武后裔。曾与庞涓一同学习兵法，为庞涓所妒。庞涓用计挖掉孙膑的膝盖骨，并囚禁他。后孙膑借齐国使者之力逃出，助田忌围魏救赵，破魏军于马陵，魏军统帅庞涓身死。②田忌：妫姓，田氏，名忌，战国时齐国名将。③逐射：以赛马赢赌金。④驷：四马一驾，为驷。当时比赛以四匹马拉车，一个人驾车。

译文

孙膑与齐国使者一起到齐国，在田忌家中当门客。田忌多次与齐国诸位公子赛马赌金。孙膑看田忌的马与其他马相差不大，马有上、中、下三等，于是对田忌说："您以重金押注，我能让您胜。"田忌答应了，与齐王以及诸位公子赛马时押注一千金。等到要比赛的时候，孙膑说："现在以您的下等马与他们的上等马比赛，用您的上等马与他们的中等马比赛，用您的中等马和他们的下等马比赛。"等到三次比赛结束，田忌一次不胜、两次胜，最终赢了五千金。

唐太宗曾经说："我从小征战四方，很知道用兵的要领，每次看敌人阵势，就知道对方是强是弱。我经常用我方弱兵对阵敌军强兵，用我方强兵对阵敌军弱兵。他们趁我方兵弱，追击不过几百步。我方趁他们兵弱，必定绕到对方军阵后方，从反方向攻击他们，敌军没有不溃败的。"这就是运用了孙膑的战术。

宋高宗问吴璘有什么战胜敌人的方法，吴璘说："弱兵先出战，强兵后面跟上。"高宗也说："这是孙膑赛马的方法。"

赵 奢

秦伐韩，军于阏与①。赵王问廉颇："韩可救否？"对曰："道远险狭，难救。"又问乐乘②，如颇言。及问赵奢③，奢对曰："道远险狭，譬之两鼠斗于穴中，将勇者胜。"乃遣奢将而往。去邯郸三十里，而令军中曰："有以军事谏者，死！"［边批：主意已定，不欲惑乱军心也。］秦军军武安西，鼓噪勒兵，屋瓦皆振。军中候有一人言急救武安，奢立斩之。坚壁留二十八日，不行，复益增垒。［边批：坚秦人之心。］秦间④来入，奢善食而遣之。间以报秦将，秦将大喜曰："夫去国三十里而军不行，乃增垒，阏与非赵地也！"奢既遣秦间，乃卷甲而趣之，一日一夜至。［边批：出其不意。］令善射者去阏与五十里而军。军垒成，秦人闻之，悉甲而至。军士许历请以军事谏，奢曰："内之。"许历曰："秦人不意赵师至，此其来气盛，将军必厚集其阵以待之，不然必败！"奢许诺。许历请就诛，奢曰："胥后令，至邯郸⑤。"历复请谏，曰："先据北山上者胜，后至者败。"奢许诺，即发万人趋之。秦兵后至，争山不得上。奢纵兵击之，大破秦军，遂解阏与之围。

孙子曰："反间者，因敌间而用之。"又曰："我得亦利，彼得亦利，为争地。"阏与之捷是也。许历智士，不闻复以战功显，何哉？于汉广武君亦然。

①阏与：地名，在今山西省和顺县。②乐乘：战国时期赵国将领，与乐毅、乐间父子同族。③赵奢：早年为管理赋税的官员，后因平原君家不肯交租，依法杀平原君家九个管事的人，引起平原君注意。平原君将他推荐给赵王，赵王任命他管理国家财赋。阏与之围时，赵奢为将，因功被封为马服君。他提出的"两鼠斗于穴中，将勇者胜"，成为兵家名言。④间：间谍。⑤至邯郸：《史记》记载中没有"至"字。《索隐》中认为"邯郸"二字为"欲战"之误。

译文

秦国攻打韩国，驻军于赵国的阏与。赵王问廉颇："韩国能救吗？"廉颇回答："路途遥远而且道路艰险狭窄，很难救援。"赵王又问乐乘，乐乘说的和廉颇一样。等到去问赵奢，赵奢回答："路途遥远而且道路艰险狭窄，就好像两只老鼠在洞穴中争斗，勇敢的那一方将获胜。"赵王于是派赵奢为将，领兵前往。赵奢带兵离开邯郸三十里后，便在军中下令说："有在军事上进谏的，死！"[边批：主意已定，不想惑乱军心。]秦军驻军武安西，操练士兵时的擂鼓喊杀声，震动屋瓦。侦察兵里的一个人说，应该赶紧救援武安，赵奢立刻杀了他。赵奢率军坚守壁垒二十八天，不向前进发，还又加筑壁垒。[边批：坚定秦军的看法。]秦军的间谍进来了，赵奢用美食款待他后放走了他。间谍把看到的情况报告秦军将领，秦军将领十分高兴地说："他们离开都城三十里就驻军不走，开始修筑壁垒，阏与不会再是赵国的领土了。"赵奢放走秦军间谍后，便率军卷起铠甲快速进发，一天一夜就到了。[边批：出其不意。]赵奢让善于射箭的士兵去距离阏与五十里的地方驻军。驻军营地修成，秦军听说了，全都穿着铠甲来了。士兵许历请求提出军事上的建议。赵奢说："让他进来。"许历说：

"秦军想不到赵军来，因此他们来的时候士气旺盛，将军一定要重军布阵以应对，不然必定战败！"赵奢答应了。许历请赵奢杀了他，赵奢说："等后面的命令，到邯郸再说。"许历又请求进谏，说："先占据北山的得胜，后到的战败。"赵奢答应按他所说行事，立即出动万人占据北山。秦兵后到，想抢夺北山却上不去。赵奢出兵攻击秦军，大败秦军，于是解了阏与之围。

孙膑说："所谓反间，就是利用敌人的间谍。"又说："我占据对我有利，敌人占据对敌有利，这就是兵家必争之地。"阏与大捷就是这样。许历这样有智慧的谋士，没听说再因战功而扬名，为什么呢？汉代的广武君李左车也是这样。

李 牧

李牧①，赵北边良将也。尝居雁门备匈奴，以便宜置吏，市租皆输入幕府，为士卒费；日击牛飨士，习骑射；谨烽火，多间谍；厚遇战士，为约曰："匈奴即入盗，急入收保②。有敢捕虏者，斩。"如此数岁，匈奴以牧为怯，虽赵边兵亦以为吾将怯。赵王让李牧，牧如故。赵王怒，召之，使他人代将。岁余，匈奴每来，出战数不利，失亡多，边不得田畜，乃复请李牧。牧固称疾。赵王强起之。牧曰："必用臣，臣如前，乃可奉令。"王许之。李牧如故约。匈奴终岁无所得，然终以为怯。边士日得赏赐而不用，皆愿一战。于是乃具选车，得千三百乘，选骑得万三千匹，百金之士五万人，彀者十万人，悉勒习战；大纵畜牧，人民满野。匈奴小入，佯北，以数千人委之。单于闻之，大率众来入。牧多为奇阵，张左右翼击之，大破，杀匈奴十余万骑。单于奔走，其后十余岁，不敢近边。

厚其遇，故其报重；蓄其气，故气发猛。故名将用死士。兵之力，往往一试而不再，亦一试而不必再也。今之所谓兵者，除一二家丁外，率丐^③而甲、尪^④而立者耳。呜呼！尪也，丐也，又多乎哉！

注释

①李牧：战国末期赵国名将。赵悼襄王时大破秦军，封武安君。秦忌惮李牧，用反间计，称李牧欲造反，赵王夺李牧兵权，不久李牧被害。次年，秦灭赵。②收保：有储物和防卫功能的小堡垒。保，同"堡"。③丐：乞丐。形容士兵待遇不好，像乞丐一样。④尪（wāng）：弯曲脊背。这里指士兵孱弱。

译文

李牧，戍守赵国北方边境的善战将军。他曾驻守雁门以防御匈奴，他可以自主设置官吏，市场的税收都交给幕府，作为士兵的军费；每天杀牛给士兵吃，训练士兵骑马、射箭；密切关注烽火台，派出许多间谍刺探军情；给战士们优厚的待遇，跟他们约法说："如果匈奴来抢掠，赶紧躲进小堡垒中。有敢去追捕匈奴人的，斩首！"这样过了几年，匈奴人认为李牧害怕，即使是赵国边境的士兵也认为自己的将军害怕。赵王责怪李牧，李牧还是那样。赵王发怒，召回李牧，让别人代替李牧为将。一年多时间里，匈奴每次来，赵军出战多次，都是出师不利，损伤、死亡的士兵很多，边境不能种田、畜牧，于是赵王重新请李牧为将。李牧一直说自己身体有病。赵王强行任命他为将。李牧说："大王一定要用臣，就让臣像以前一样行事，臣才能奉命。"赵王答应了他。李牧就像以前一样约束士兵，匈奴常年得不到什么东西，然而始终认为李牧是害怕他们。边境的士兵每天得到赏赐却得不到任用，都请愿说想同匈奴一战。于是李牧便开始挑选战车，选了一千三百辆，选战马选了一万三千匹，骁勇善战的士兵选了五万人，弓箭手选了十万人，让他们全都在训练中练习作战；又大肆放任放牧，城外到处都是百姓。匈奴小规模进犯，赵军假装失败，让数千人被他们掳走。匈奴单于听说了，率领大军来攻。李牧布置多处奇兵，埋伏左右两路兵马来击匈奴，大败敌军，斩杀匈奴骑兵十万多。匈奴单于逃走，之后十多年，匈奴不敢靠近赵国边境。

给士兵优厚的待遇，所以他们回报之心更强烈；积蓄士气，所以爆发时气势勇猛。因此名将任用的都是出死力的士兵。士兵的力量，往往试一次就不能再战了，而且试一次也不必再战了。如今这些所谓的士兵，除了一两个将领的家丁之外，都像是乞丐穿着铠甲，弯着脊背、有气无力地站着。唉！孱弱如病人，形貌如乞丐，这样的太多了啊！

韩世忠

世忠①驻镇江。金人与刘豫②合兵分道入侵。帝手札命世忠饬守备，图进取，辞旨恳切。世忠遂自镇江渡师。俾统制解元守高邮，候金步卒；亲提骑兵驻大仪③，当敌骑。伐木为栅，自断归路。会遣魏良臣使金。世忠撤炊爨，给良臣："有诏移屯守江。"[边批：灵变。]良臣疾驰去。世忠度良臣已出境，而上马令军中曰："视吾鞭所向！"于是引军至大仪，勒五阵，设伏二十余所，约闻鼓即起击。良臣至金军，金人问王师动息，具以所见对。聂儿字董④闻世忠退，喜甚，引兵至江口，距大仪五里，别将挞孛也引千骑过五阵东。世忠传小麾，鸣鼓，伏兵四起，旗色与金人旗杂出。金军乱，我军迭进，背嵬军⑤各持长斧，上揕人胸，下斫马足。敌披重甲，陷泥淖。世忠麾劲骑四面蹂躏，人马俱毙，遂擒挞孛也等。

译文

韩世忠镇守镇江。金国与刘豫一同出兵，分头入侵宋境。宋高宗亲笔写诏书命韩世忠整顿军备，严加防守，找机会反攻，诏书言辞恳切感人。韩世忠于是亲自领兵从镇江渡江。命统制官解元镇守高邮，等待对阵金军步兵。韩世忠亲自率领骑兵驻军大仪，防御敌军骑兵。韩世忠命人伐木做成栅栏，自断后路。当时正赶上皇帝派魏良臣出使金国。韩世忠撤去锅灶，欺骗魏良臣说："皇上有诏书让我移军去防守长江。"［边批：灵变。］魏良臣骑马快速离去。韩世忠估计魏良臣已经出境，就上马对军中下令说："看我马鞭所指的方向行军！"于是韩世忠率军到大仪，把军队列成五个军阵，设了二十多处埋伏，约定听见鼓声就发起攻击。魏良臣到了金军营中，金国人问他宋军动向，魏良臣把看到的都告诉了他们。聂儿字董听说韩世忠撤退，十分高兴，带兵到江口，距离大仪五里地。副将挞孛也率领一千骑兵到宋军五个军阵的东面。韩世忠传递小军旗，击鼓，埋伏的士兵从四面八方冲出来，宋军旗帜和金军旗帜混杂在一起。金军大乱，宋军逐渐推进，韩世忠亲信军都手持长柄斧头，上砍人胸，下砍马腿。敌军身披重甲，陷在泥地里。韩世忠率领勇猛骑兵四面冲杀，金军人马都被杀死，于是抓到了挞孛也等人。

兵智部　诡道卷二十三

道取其平，兵不厌诡。
实虚虚实，疑神疑鬼。
彼暗我明，我生彼死。
出奇无穷，莫知所以。
集《诡道》。

夫概王

　　吴败楚师于柏举，追及清发①，将击之。阖闾之弟夫概王②曰："困兽犹斗，况人乎！若知不免而致死，必败我。若使先济③者知免，后者慕之，蔑有斗心矣。半济而后可击也。"从之，大败楚人，五战及郢④。

注释

　　①清发：河水名，为涢水支流。也有说就是涢水。②夫概王：夫概，吴王阖闾的弟弟，其在吴攻楚的关键大战中屡立战功。但灭楚后他居功自傲，趁阖闾人在楚地时，偷偷潜回吴国，

自立为吴王。阖闾领兵回国平叛，夫概转投楚国，被封于堂谿（今河南西平），称堂谿氏。③济：过河。④郢：楚国都城，在今湖北江陵西北。

译文

　　吴国军队在柏举大败楚军，一路追击到清发，即将发起进攻。吴王阖闾的弟弟夫概说："被围困的野兽尚且要拼死搏斗，何况人呢！如果楚军知道不能免于一死，必定击败我们。如果让先过河的楚军知道可以免于一死，后面的人会羡慕他们，心中的斗志就消失了。等到楚军渡河到一半的时候，可以攻击他们。"阖闾听从了夫概的建议，吴军大败楚军，五次战役之后就打到了楚国都城郢。

李　广

　　广①与百余骑独出，望匈奴数千骑。见广，以为诱骑，皆惊，上山陈②。广之百骑皆大恐，欲驰还走。广曰："吾去大军数十里，今如此以百骑走，匈奴追射，我立尽。今我留，匈奴必以我为大军之诱，必不敢击。"乃令诸骑曰："前！"未到匈奴阵二里所，止，令曰："皆下马解鞍！"其骑曰："虏多且近，即有急，奈何？"广曰："彼虏以我为走，今皆解鞍以示不走。"于是胡骑遂不敢击。有白马将出护其兵，广上马，与十余骑奔射杀胡白马将，而复还至其骑中，解鞍，令士皆纵马卧。会暮，胡兵终怪之，不敢击。夜半，疑汉伏军欲夜取之，皆引去。平旦，广乃归大军。

①广：李广，西汉名将，被匈奴人称为"飞将军"。司马迁对他的评价是"桃李不言，下自成蹊"。②上山陈：上山列阵。陈，同"阵"。

译文

李广带领一百多名骑兵孤军出营，远远望见数千名匈奴骑兵。匈奴骑兵看见李广，以为是诱敌的骑兵，都很惊慌，立刻奔上山坡列阵。李广率领的百余名骑兵都大为恐慌，想要立刻骑马往回奔逃。李广说："我们距离大军几十里，现在如果就这样凭一百多名骑兵逃走，匈奴在后面追赶、射杀，我们立刻完了。"现在我们留下，匈奴必定认为我们是为大军诱敌，必定不敢进攻。"于是便命令诸位骑兵说："前进！"快到距匈奴阵地二里地的地方，停止前进，命令说："都下马解鞍！"李广属下骑兵说："匈奴兵这么多而且距离这么近，如果有紧急情况，怎么办呢？"李广说："那些匈奴兵认为我们会逃跑，现在我们都解下马鞍，表示不逃跑。"于是匈奴骑兵便不敢攻击。有骑白马的匈奴将领出来监看其士兵的情况，李广上马，带着十余名骑兵奔过去射杀了白马匈奴将领，然后又回到骑兵队伍中，解下马鞍，让士兵放任马匹躺卧。一直到黄昏，匈奴士兵始终觉得他们奇怪，不敢进攻。半夜时，匈奴头领怀疑汉军埋伏好要趁夜消灭他们，都率军离去。天亮后，李广回归大军营地。

狄　青

狄青为延州指挥使，党项①犯塞。时新募万胜军未习战阵，遇寇多北。青一日尽将万胜旗号付"虎翼军"，使之出战。[边批：陆抗②破杨肇之计类此。]虏望其旗，易之。全军径趋，为虎翼所破。

注释

①党项：党项人，指元昊建立的西夏国。②陆抗：吴国名将，其父为陆逊。

译文

（北宋）狄青当延州指挥史时，党项人攻击边境。当时新招募的万胜军还没有熟悉作战阵法，遇到党项军队多次败北。一天，狄青把万胜军的旗帜交给虎翼军，让虎翼军出战。[边批：陆抗击败杨肇的计策跟这类似。]党项军看见旗帜，心中轻视他们，全军直接冲过来，被虎翼军击败。

兵智部　武案卷二十四

学医废人，学将废兵。
匪学无获，学之贵精。
鉴彼覆车，借其前旌。
青山绿山，画本分明。
集《武案》。

撒星阵

张威①自行伍充偏裨②。其军行，必若衔枚③，寂不闻声，
每战必克，金人惮之。荆鄂多平野，利骑不利步。威曰："彼铁
骑一冲，则吾技穷矣！"乃以意创"撒星阵"，分合不常，闻鼓
则聚，闻金则散。每骑兵至则声金，一军辄分数十簇；金人随分
兵，则又趋而聚之，倏忽间分合数变，金人失措，然后纵击之，
以此辄胜。

威临阵战酣，则两眼皆赤，时号"张红眼"云。

注释

① 张威：字德远，南宋宁宗时将领，作战以勇猛著称。② 偏裨：偏将、裨将。将佐的通称。③ 枚：形如筷子，两端有带，可系于脖颈上。古时候行军防止士兵喧哗所用的工具。

译文

张威是从普通士兵提拔为将军的。他的军队行进时，必定像是嘴里咬住枚一样，安静得听不到说话声。他每次作战必定获胜，金军很忌惮他。荆鄂地区多为平原，有利于骑兵而不利于步兵。张威说："对方穿铁甲的骑兵一冲锋，我们就没什么办法了！"于是根据这个意思创立了"撒星阵"，士兵分合不定，听到鼓声就聚在一起，听到锣声就散开，每当金人骑兵来就敲锣，大部队立刻分散成几十个小团；金军随即分散兵力，而宋军又跑过来聚到一起，片刻之间分合变化几次，金军惊慌失措，然后宋军全力攻击他们，因此连连取胜。

张威身临战场作战到最激烈时，就两眼都变红，当时人称"张红眼"。

柴断险道

周瑜①使甘宁②前据夷陵③。曹仁④分众围宁，宁困急请救。蒙⑤说瑜分遣三百人，柴断险道，贼走，可得其马。瑜从之，军到夷陵，即日交战，所杀过半。敌夜遁去，行遇柴道，骑皆舍马步走。兵追蹙之，获马三百匹。

①周瑜：字公瑾，东吴名将，协助孙权确立"割据江东"的立国方针。曾亲率吴军火烧赤壁，以少胜多，大败曹军，奠定了汉末"三分天下"的基础。有句赞其为"世间豪杰英雄士，江左风流美丈夫"。②甘宁：字兴霸，三国时期孙吴名将，官拜西陵太守、折冲将军。陈寿在史书中称他为"江表之虎臣"。③夷陵：今湖北宜昌。④曹仁：字子孝，曹魏名将，曹操从弟。⑤蒙：吕蒙，字子明，当时为横野中郎将。与其有关的典故有"刮目相待""吴下阿蒙"等。

译文

周瑜派甘宁进军夷陵。曹仁分兵包围甘宁，甘宁被困，情势危急，请求救援。吕蒙对周瑜说，分派三百个人，用木柴阻断险要的小道，敌人败走的时候，可以截获他们的战马。周瑜按他所说做了。吴军到夷陵，当天同曹仁交战，杀死过半的曹军。曹军趁夜撤走，行军途中遇到木柴阻断道路，骑兵都舍弃马匹，改为步行。吴军追兵紧随而至，获得战马三百匹。

拐子马

兀术①有劲兵，[边批：骑兵。]皆重铠，贯以韦索，三人为联，名"拐子马"，又号"长胜军"。每于战酣时，用以攻坚，官军不能当。郾城之役②，以万五千骑来，岳飞戒兵率以麻扎刀入阵，勿仰视，但斫马足。拐子马相连，一马仆，二马不能行。官军奋击，大败之。

慕容绍宗③引兵十万击侯景，旗甲耀日，鸣鼓长驱而进。景命战士皆被甲，执短刀，入东魏阵。但低视，斫人胫马足。[边批：此即走板桥戒勿旁视之意。]飞不学古法，岂暗合乎？

注释

①兀术：完颜宗弼，女真名兀术，金朝名将，金太祖完颜阿骨打第四子。②郾城之役：绍兴十年（1140年）五月，金撕毁议和之约，兀术率军南侵，岳飞率军迎战，岳家军大败金军。③慕容绍宗：南北朝时期北魏、东魏名将。

译文

兀术有精锐部队，[边批：骑兵。]都配有防护严密的铠甲，用皮革做的绳索贯通相连，三个人为一联，取名"拐子马"，又叫"长胜军"。每次在交战激烈时，用来攻击难攻的敌人，宋军不能抵挡。郾城之战中，兀术带领一万五千名骑兵前来，岳飞命士兵都带着长柄麻扎刀冲入敌军中，不可抬头，只管砍马腿。拐子马是三匹马相连，一匹马倒下，两匹马都走不了。宋军奋勇攻击，大败金军。

慕容绍宗率兵十万攻打侯景，旌旗盔甲光闪映日，擂鼓快速前进。侯景命士兵全部戴盔披甲，手拿短刀，冲入东魏阵地。士兵只管低头向下看，砍人小腿、马腿。[边批：这就是走板桥要警惕，一定不要向旁边看的意思。]岳飞的麻扎刀阵不是学古人的方法，难道是暗合吗？

竹 筒

刘锜顺昌之战，戒甲士带一竹筒，其中实以煮豆，入阵则割弃竹筒，狼籍①其豆于下。虏马饥，闻豆香，低头食之，又多为竹筒所滚，脚下不得地，以故士马俱毙。

毕再遇尝引敌与战，且前且却，至于数四，视日已晚，乃以香料煮黑豆布地上，复前搏战，佯败走。敌乘胜追逐，其马已饥，闻豆香，就食，鞭之不前。我师反攻之，遂大胜。

① 狼籍：散乱倾倒。籍通"藉"。

刘锜在顺昌之战时，要求士兵携带一个竹筒，筒中装满煮好的豆子，冲入敌军阵地后就割开竹筒扔掉，筒中豆子散乱地倾倒在地上。敌军的马饿了，闻到豆的香味，低头就吃，加上很多竹筒在地上滚来滚去，马没地方下脚，因此敌军士兵和战马都被杀死。

毕再遇曾经诱敌作战，忽而前进忽而后退，如此很多次。看天已经晚了，他就命人用香料煮黑豆，撒在地上，又命士兵上前作战，假装败走。敌军乘胜追击，但他们的战马已经饿了，闻到豆的香味，低头吃豆，鞭打它们也不往前走。宋军反攻敌军，于是取得巨大胜利。

师马　师蚁

齐桓公伐山戎①，道孤竹国②，前阻水，浅深不可测。夜黑迷失道，管仲曰："老马善识途。"放老马于前而随之，遂得道。行山中无水。隰朋③曰："蚁冬居山之阳，夏居山之阴。蚁壤一寸而仞④有水。"乃掘地，遂得水。以管仲之圣，而隰朋之智，不难于师老马与蚁，今人不知以其愚心而师圣人之智，不亦过乎！

古圣开天制作，皆取师于万物，独济一时之急哉！

注释

①齐桓公伐山戎：山戎攻击燕国，燕向齐国求救，于是齐桓公出兵征伐。山戎，匈奴的一支，约在今河北省北部。②孤竹国：古国名，在今河北省卢龙、滦县以及辽宁朝阳一带。③隰（xí）朋：齐庄公曾孙，齐国大夫，与管仲一同辅佐齐桓公。④仞：长度单位，约四尺到八尺之间。

译文

管仲随齐桓公攻打山戎，路过孤竹国，前面有河水阻挡，河水深浅不能测知。天黑迷了路，管仲说："老马善于认识路。"于是让老马走在前面，大家在后面跟随，便找到了路。行军到山中时没水了。隰朋说："蚂蚁冬天时住在山的南面，夏天住在山的北面。在距离蚁巢一寸远的地方向下挖一仞深，就有水。"于是命人挖地，果然找到水。以管仲、隰朋的智慧，不认为跟老马和蚂蚁学习是为难的事，现在的人不知道自己愚昧而需要去学习圣人的智慧，不也是错了吗！

　　古代圣人开创天地、创设各种制度，都是以天地万物为老师，而不仅仅是救急时才学！

闺智部　贤哲卷二十五

匪贤则愚，唯哲斯肖。
嗟彼迷阳，假途闺教。
集《贤哲》。

李邦彦母

李太宰邦彦[1]父曾为银工。或以为诮，邦彦羞之，归告其母。母曰："宰相家出银工，乃可羞耳。银工家出宰相，此美事，何羞焉？"

狄武襄不肯祖梁公[2]，我圣祖[3]不肯祖文公[4]，皆此义。

注释

①李太宰邦彦：李邦彦，字士美，宋钦宗靖康初年，担任太宰兼门下侍郎，自号"李浪子"，人称"浪子宰相"。②梁公：狄仁杰，逝后追封梁国公。③圣祖：朱元璋。④文公：朱熹，谥号"文"。

　　李邦彦的父亲曾是银匠。有人用李父的职业嘲笑李邦彦，李邦彦感到羞耻，回家把这件事告诉他的母亲。他的母亲说："宰相家里出了银匠，确实应该感到羞耻。但是银匠家出了宰相，这是光彩的事，有什么可羞耻的呢？"

　　狄青不攀附狄仁杰为祖，明太祖朱元璋不冒认朱熹为祖，都是这样的道理。

乐羊子妻三条

　　乐羊子①尝于行路拾遗金一饼，还以语妻。妻曰："志士不饮盗泉，廉士不食嗟来，况拾遗金乎？"羊子大惭，即捐之野。

　　①乐羊子：东汉人。

　　乐羊子曾经在走路时捡到别人丢失的一枚金饼，他把金子带回家并告诉了妻子。妻子说："有志向的人不喝盗泉里的水，刚正的人不吃施舍的食物，何况是捡到别人丢失的金子呢？"乐羊子听了很惭愧，立即将金子放回到路边。

　　乐羊子游学，一年而归。妻问故，羊子曰："久客怀思耳。"妻乃引刀趋机①而言曰："此织自一丝而累寸，寸而累丈，丈而累

启秀文库 智囊

匹。今若断斯机，则前功尽捐^②矣。学废半途，何以异是！"羊子感其言，还卒业，七年不返。

注释

①机：织机。②捐：作废。

译文

乐羊子在外游学，一年就回来了。妻子问原因，乐羊子说："长久客居在外，想家了。"妻子就拿起刀走到织机前说："这匹绢从一根丝积累到一寸，从一寸积累到一丈，从一丈积累成一匹。今天要是剪断，就前功尽弃了。学习到一半就放弃，跟这有什么区别！"乐羊子被她的话打动，回去完成学业，七年没有回家。

乐羊子游学，其妻勤作以养姑^①。尝有他舍鸡谬入园，姑杀而烹之。妻对鸡不餐而泣。姑怪问故，对曰："自伤居贫，不能备物，使食有他肉耳。"姑遂弃去不食。

返遗金，则妻为益友；卒业，则妻为严师；谕姑于道，成夫之德，则妻又为大贤孝妇。

注释

①姑：婆婆，丈夫的母亲。

译文

乐羊子在外游学，他的妻子辛勤劳作，赡养婆婆。曾经有别人家的鸡误入他们院中，婆婆杀了那鸡，煮熟了。乐羊子妻子看着鸡肉，哭着不肯吃。婆婆感到奇怪，就问她为什么，乐羊子的妻子说："自己感伤家中贫困，不能准备好食物，因此让您吃别人家的肉。"婆婆于是扔掉了鸡肉，不再吃了。

送回别人丢失的金子，乐羊子妻可说是益友；督促丈夫完成学业，乐羊子妻可说是严师；规劝婆婆回归正道，成全丈夫的德行，则乐羊子妻又是有大贤德的孝妇。

闺智部　雄略卷二十六

士或巾帼，女或弁冕。
行不逾阈，谋能致远。
睹彼英英，惭余谍谍。
集《雄略》。

李诞女

东越[1]闽中有庸岭，高数十里。其西北隙中有大蛇，长七八丈，围一丈。土俗常惧，东冶[2]都尉及属城长吏多有死者。祭以牛羊，故不得祸。或与人梦，或喻巫祝，欲得啖童女年十二三者。都尉、令长患之，共求人家生婢子兼有罪家女养之，至八月朝祭送蛇穴口，蛇辄夜出吞啮之。累年如此，前后已用九女。一岁将祀之，募索未得。将乐县李诞家有六女，无男，其小女名寄，应募欲行。父母不听，寄曰：“父母无相留，今唯生六女，无有一男，虽有如无。女无缇萦[3]济父母之功，既不能供养，徒费衣食。生无所益，不如早死。卖寄之身，可得少钞以供父母，岂不善耶？”父母慈怜不听去，终不可禁止。寄乃行。请好剑及咋蛇犬。至八月朝，怀剑将犬诣庙中坐。先作数石米糍④蜜麨⑤，以置穴口。蛇夜便出，头大如囷⑥，目如二尺镜，闻糍香气，先噉食之。寄便放犬，犬就啮咋。寄从后斫蛇，因踊出，至庭而死。寄入视穴，得其九女髑髅，悉举出，咤言曰："汝曹怯弱，为蛇所食，甚可哀愍！"于是寄女缓步而归。越王闻之，聘寄为后，拜其父为将乐令，母及姊皆有赏赐。自是东冶无复妖邪。

　　刘季斫杀蛇，遂作帝；李寄斫杀蛇，遂作后。天下未尝无对。

注释

　　①东越：汉朝时以闽、浙地区为东越国，传说为越王勾践后裔。②东冶：干宝《搜神记》中写"东治"，闽境内无此地名。根据《晋书·地理志》记载，有"东冶"之名，即今福建闽侯。③缇萦：汉文帝时孝女。其父因罪判肉刑，缇萦便与父同往长安，上书汉文帝，愿没入官婢，替父赎罪。汉文帝十分感动，于是废除了肉刑。④米糍（cí）：米饼。⑤蜜麨（chǎo）：米麦炒熟后磨成粉，再用蜂蜜搅拌做成的食物。⑥囷（qūn）：圆形谷仓。

译文

　　东越国闽中有个地方叫庸岭，高几十里，在山的西北低湿的地方有一条大蛇，那蛇长七八丈，粗一丈多。当地人很害怕它。东冶都尉以及当地所属城邑的官吏有很多因它丧生的。用牛羊祭祀它，因此就不再降祸。有时候它给人托梦，或者告诉巫师，想要吃十二三岁的童女。都尉、长官很担忧，一起寻访别人家奴所生的女儿，或是有罪之家的女儿养起来，等到八月初祭祀时送到蛇洞口，蛇就在夜里出来吞噬她。多年都是这样，前后已经用九个女孩祭祀蛇。一年又到了要祭祀蛇的时候，到处招募、搜索都没有找到女孩。将乐县的李诞家里有六个女孩，没有男孩，他最小的女儿名寄，想要应征前去。父母不答应，李寄说："父母不要挽留，现在父母只生了六个女孩，没有一个男孩，虽然有孩子也跟没有一样。我不像缇萦那样有拯救父母的功劳，既然不能供养父母，只是浪费衣服和食物。活着没有什么用处，不如早点儿死。卖了我，可以得到一点钱来供养父母，难道不好吗？"父母疼爱她，不让她去，终于没有能够阻止她。李寄于是走了。她带上了一把好剑和一只会咬蛇的狗。到了八月初，李寄抱着剑、牵着狗到庙中坐下。先做好了好几石米饼、蜂蜜米麦粉，然后放在蛇洞口。蛇到了夜里便出来了，蛇头像圆形谷仓一样大，眼睛像二尺宽的镜子，它闻到米饼的香气，先去吃米饼。李寄就放出咬蛇狗，狗就去咬蛇。李寄从后面用剑砍蛇。蛇因此竖起身体，到外面开阔地带就死了。李寄进入蛇洞观看，发现那九个女孩的骷髅，将其全都搬到洞外，大声悲叹："你们胆小懦弱，被蛇吃掉，实在太让人悲伤、同情了！"于是李寄慢慢走回家去了。越王听说了这件事，迎娶李寄为王后，任命她的父亲为将乐令，母亲和姐姐们都有赏赐。从那儿以后东冶再也没有妖邪了。

汉高祖刘邦杀了蛇，于是成为皇帝；李寄斩杀了蛇，于是成为王后。天下不是没有相通成对的事。

蓝　姐

绍兴中，京东王寓新淦之涛泥寺①。尝宴客，中夕散，主人醉卧。俄而群盗入，执诸子及群婢缚之。群婢呼曰："司库钥者蓝姐也！"蓝即应曰："有。毋惊主人。"付匙钥，秉席上烛指引之，金银酒器首饰尽数取去。主人醒，方知，明发诉于县。蓝姐密谓

主人曰："易捕也。群盗皆衣白，妾秉烛时，尽以烛泪污其背，当密令捕者以是验。"后果皆获。［事见《贤奕编》。］

注释

①京东王寓新淦之涛泥寺：宋洪迈所作《夷坚丙志》中有"东京人王知军者，寓居临江新淦之青泥寺"。冯梦龙此条摘自《贤奕编》，或许是《贤奕编》刊刻过程中有错漏，导致此语。新淦，地名，在今江西吉安。

译文

宋高宗绍兴年间，有京东王姓人住在新淦青泥寺。一次宴请宾客，半夜散席，主人喝醉后睡着了。不久一群强盗进来，把守卫和婢女们都绑起来。婢女们喊："掌管库房钥匙的是蓝姐！"蓝姐立刻答应说："我有钥匙。不要惊扰主人。"蓝姐给了钥匙，拿着宴席上的蜡烛为强盗指引道路，金银酒器和首饰都被抢走了。主人醒了，才知道这件事，第二天到县衙去报案，蓝姐悄悄对主人说："这些人容易抓到。这群强盗都穿白色衣服，我拿着蜡烛时，都把蜡烛油滴在他们背上，请秘密命令抓捕的人查看蜡烛油标记。"后来果然将强盗都抓获了。［这件事记载于《贤奕编》。］

杂智部　狡黠卷二十七

英雄欺人，盗亦有道。

智日以深，奸日以老。

象物为备，禹鼎在兹。

庶几不若，莫或逢之。

集《狡黠》。

吕不韦

秦太子[①]妃曰华阳夫人，无子。夏姬生子异人[②]，质于赵，秦数伐赵，赵不礼之，困不得意。阳翟[③]大贾吕不韦适邯郸，见之曰："此奇货可居！"乃说之曰："太子爱华阳夫人而无子，子之兄弟二十余人，子居中，不甚见幸，不得争立。不韦请以千金为子西游，立子为嗣。"异人曰："必如君策，秦国与子共之！"不韦乃厚赍西见夫人姊，而以献于夫人，因誉异人贤孝，日夜泣思太子及夫人。不韦因使其姊说曰："夫人爱而无子，异人贤，自知中子不得为适，诚以此时拔之，是异人无国而有国，夫人无子而有子也，则终身有宠于秦矣。"夫人以为然，遂与太子约以为嗣，使不韦还报异人。异人变服逃归，更名楚。不韦娶邯郸姬绝美者与居，知其有娠，异人见而请之，不韦佯怒，既而献之，期年而生子政。嗣楚立，是为始皇。

真西山④曰："秦自孝公以至昭王，国势益张。合五国百万之众，攻之不克，而不韦以一女子，从容谈笑夺其国于衽席间。不韦非大贾，乃大盗也⑤。"

注释

①秦太子：秦昭襄王之子，名柱，封安国君，后立为太子。即位后为秦孝文王。②异人：秦孝文王之子，秦始皇嬴政之父。③阳翟：当时的韩国都城，今河南禹州。④真西山：真德秀，南宋名臣、著名理学家。本姓慎，因避宋孝宗赵眘名讳，改姓真，号西山先生，世称真西山。⑤不韦非大贾，乃大盗也：《史记》中关于秦始皇的身世，存在矛盾记载。有学者研究认为，吕不韦赴秦游说时，秦始皇已经出生，因此秦始皇不可能是吕不韦的儿子。也有学者分析，《战国策》中有春申君向没有子嗣的楚考烈王进献有孕姬妾，生子继位为楚君的故事，或许是有人把楚国故事安置到秦始皇身上，意在诽谤秦始皇，攻击其正统性，以报复其灭六国之事。

译文

秦国的太子妃叫华阳夫人，她没有生育儿子。秦太子的夏姬生了儿子异人，异人在赵国做人质，因秦国多次攻打赵国，赵国对异人没有以礼相待，异人在赵国生活困窘，不如意。阳翟的大商人吕不韦刚好到邯郸，见到异人说："这是稀有的货物，可以囤积起来以待时机！"于是吕不韦游说异人说："您父亲宠爱华阳夫人，然而华阳夫人没有儿子，您的兄弟有二十多个，您排行居中，不怎么受宠，不能争立为嗣子。我吕不韦请求携带千金为您西行咸阳游说，让您父亲立您为嗣。"异人说："如果你说的计策能实现，我与你共享秦国！"于是吕不韦携带丰厚财物西行去见华阳夫人的姐姐，请求将财物献给华阳夫人，并趁机称赞异人贤能、孝顺，常日夜哭着思念太子以及华阳夫人。吕不韦说服华阳夫人的姐姐去对华阳夫人说："夫人受宠爱却没有儿子，异人贤能，自己知道排行居中而不能被立为嗣，如果夫人真的能在这时候提拔他，让他从不能拥有国家变为可以拥有国家，让夫人没有儿子变得有儿子，那么您就在秦国终身享受尊荣了。"华阳夫人认为有道理，于是与秦太子约定立异人为嗣，让吕不韦回去报告异人。异人换了服装逃回秦国，改名楚。吕不韦娶了绝美的邯郸女子并与她同居，知道她怀了身孕。异人见了，向吕不韦索求这名姬妾，吕不韦装作发怒，接着又把她献给异人，一年后女子生下儿子政。异人立政为嗣，就是后来的秦始皇。

真德秀说："秦国自秦孝公到秦昭王，国力日益强大，其他五国集合百万兵马，攻打秦国而不能攻克，吕不韦却用一个女子，轻松谈笑着从枕席之间夺取了秦国。吕不韦不是大商人，而是窃国大盗啊！"

徐 温

初，张颢①与徐温②谋弑其节度使杨渥③。温曰："参用左右牙兵，必不一，不若独用吾兵。"［边批：反言之。］颢不可。温曰："然则独用公兵。"［边批：本意如此。］颢从之。后穷治逆党，皆左牙兵，由是人以温为实不知谋。

注释

① 张颢：淮南左牙指挥使。② 徐温：淮南右牙指挥使。③ 杨
渥：淮南节度使（五代十国时期南吴君主），其父为杨行密。

译文

起初，张颢与徐温商议行刺淮南节度使杨渥。徐温说："我们
同时使用左右牙兵行刺，必定行动不好统一，不如只用我的兵。"
[边批：反过来说话。] 张颢不同意。徐温说："不然就只用你的
兵。"[边批：本意如此。] 张颢同意了。后来追究谋逆的所有人，
被抓的都是左牙兵，因此人们以为徐温实际上不知道这场阴谋。

潘 崇

楚成王①以商臣②为太子，既而又欲立公子职③。商臣闻
之，未察也，告其傅潘崇曰："若之何而察之？"潘崇曰："飨江
芈④[成王嬖]而勿敬也。"商臣从其策，江芈果怒，曰："呼！
役夫！宜君王之欲废汝而立职也！"商臣曰："信矣！"

阳山君⑤相卫，闻卫君之疑己也，乃伪谤其所爱樛竖⑥以知
之。术同此。

注释

① 楚成王：芈姓，熊氏，名恽。春秋时楚国国君，楚文王之
子。② 商臣：芈姓，熊氏，名商臣，楚成王长子。得知楚成王
欲立公子职后，带兵包围王宫，逼迫楚成王上吊而死，自立为
君，是为楚穆王。楚穆王去世后，继其位者为其子楚庄王。③ 公

子职：楚成王庶子。④江芈：一说是嫁于江姓人家的楚成王之妹，一说是楚成王宠姬。⑤阳山君：疑为"山阳君"之误，《战国策》载有山阳君事。山阳，魏地。⑥樛（jiū）竖：君主所宠信的近臣。

译文

　　楚成王立商臣为太子，后来又想立公子职为太子。商臣听说后，不能确定是否属实，便跟他的老师潘崇说："用什么办法能确认这件事是否属实呢？"潘崇说："请江芈〔楚成王宠爱的人〕吃饭，态度要不恭敬。"商臣照潘崇说的去做，江芈果然生气，斥责他说："呸！贱坯！难怪国君要废掉你而改立公子职呢！"商臣说："确实是这样！"

　　阳山君在卫国为相时，听说卫君疑心自己了，于是就假装诽谤卫君所宠爱的近臣，从而知道了卫君的看法。商臣的方法和阳山君一样。

阳　虎

　　阳虎①之败，鲁人闭门而捕之，围之三匝。虎奔及门，门者曰："天下探之不穷②，我今出子！"虎因扬剑提戈而出，〔边批：句有味。〕顾反，取戈以伤出之者。出之者怨之曰："我非故与子友也，为子脱死被罪，而反伤我！"鲁君闻失虎，大怒，问所出之门，有司拘之，不伤者被罪，而伤者独蒙厚赏。

①阳虎：阳氏，名虎，字货，鲁国季孙氏家臣。季平子死后，阳虎控制季孙氏，把持鲁国的朝政。阳虎欲除掉鲁国三桓（孟孙、叔孙、季孙），鲁定公八年（前502年），失败后辗转逃到晋国。②天下探之不穷：天下事反复无常。意指阳虎或许有东山再起的时候。

译文

阳虎失败后，鲁人封闭城门搜捕他，里里外外围了三圈。阳虎跑到城门，看守城门的人说："天下事反复无常，我今天放你出去！"阳虎便举起剑，提起戈出了城门，[边批：这句话有神韵。]又回头用戈伤了放他出门的人。放他出门的人抱怨阳虎说："我以前跟你不是朋友，为了帮你逃脱死罪而犯了罪，你却反过来伤我！"鲁国国君听说阳虎跑了，十分生气，问阳虎从哪个门逃出去的，让人抓了守城门的人，没有受伤的都治了罪，只有受伤的那个人得到了丰厚的赏赐。

一钱诳百金

肤箧①唯京师最黠。有盗能以一钱诳百金者，作贵游衣冠，先诣马市，呼卖胡床②者，与一钱，戒曰："吾即乘马，尔以胡床侍。"其人许诺。乃谓马主："吾欲市骏，试可乃论价。"马主谨奉羁靮③。其人设胡床，盗上马，疾驰而去。马主初意设胡床者其仆也，已知其非，乃亟追之。盗径扣官店④，维马于门，云："吾某太监家下，欲缎匹若干，以马为质，用则奉价。"店睹良马，不之疑，如数畀之，负而去。俄而马主踪迹至店，与之争马，成讼。有司不能决，为平分其马价云。

注释

①肤箧（qūqiè）：偷窃以及拐骗。②胡床：一种便携凳子。从西域传来，所以名"胡床"。③羁靮（dí）：马络头与马缰绳。④官店：供商贾使用的官营店房。

译文

偷盗拐骗的强盗以京城的最狡黠。有能用一文钱诓骗百金的强盗，打扮华丽，装成在外出游的有钱人，先到马市，叫过来卖胡床的，给他一文钱，吩咐他："我接着要骑马，你用胡床服侍我上马。"卖胡床的人答应了。又跟马的主人说："我要买骏马，试骑一下才能谈价格。"马的主人恭谨地递上马络头和马缰绳。卖胡床的人放好胡床，强盗上马，疾驰而去。马的主人开始以为放胡床的是强盗的仆人，等到知道他不是，便赶紧追那强盗。强盗直接去了官营店铺，把马系在门口，说："我是某太监家的手下，想买若干匹缎子，我把马作为质押物，到时需要用多少就给你多少钱。"店主看到马，没有怀疑他，把缎子如数给了他，强盗背着缎子走了。不久马的主人循着踪迹到了店里，与店主争夺马匹，一直争辩到官府去。官府不能决断，让他们平分了马匹的价钱。

蹩伪 跛伪

阊门①有匠，凿金于肆。忽一士人，巾服甚伟，跛②曳而来，自语曰："暴令以小过毒挞我，我必报之！"因袖出一大膏药，薰于炉次，若将以治疮者。俟其熔化，急糊匠面孔。匠畏热，援以手，其人即持金奔去。又一家门集米袋，忽有躄^③者，垂腹甚大，盘旋其足而来，坐米袋上。众所共观，不知何由。匿米一袋于胯下，复盘旋而去。后失米，始知之。盖其腹衬塞而成，而躄亦伪也。

注释

①阊门：城门名，苏州古城之西门，通往虎丘方向。②跛：腿或脚行动不便，一瘸一拐。③躄（bì）：腿瘸。

译文

　　阊门有个金匠，在市场打金器。忽然有一个读书人，穿着很体面，一瘸一拐地走过来，还自言自语说："野蛮的县令因为小过错而毒打我，我一定要报仇！"顺势从袖子里拿出一片大膏药，借金匠的炉子熏烤，像是要用膏药治疗创伤。等到膏药熔化，读书人迅速将膏药糊在金匠的脸上。金匠怕烫，用手去揭，那人立刻拿了金子跑了。又有一家门口堆了许多米袋，忽然有一个腿瘸的人，挺着个大肚子，一瘸一拐地走过来，坐在米袋子上。大家都看见了他，不知道怎么回事。那人藏了一袋米在胯下，然后又一瘸一拐地走了。后来那家人发现丢了米，才想起来，大概那人的大肚子是用东西塞在里面做成的，他瘸腿也是假的。

——杂智部　小慧卷二十八——

熠熠隙光，分于全曜。
萤火难嘘，囊之亦照。
我怀海若，取喻行潦。
集《小慧》。

綦母恢

韩咎[①]立为君，未定也。弟[②]在周[③]，周欲重之，而恐韩咎不立也[④]。[不立其弟。]綦母恢[⑤]曰："不若以车百乘送之。得立，因曰力戒；不立，则曰来效贼也。"

注释

①韩咎：韩国公子咎。后为韩釐王，公元前295至公元前273年在位。②弟：有指此"弟"为公子虮虱（又作虮瑟），与公子咎争位者。但《战国策》《史记·韩世家》都记载公子虮虱在楚国为质子，如此则在周的为另外的弟弟。具体此"弟"为谁，并无定论。③周：周考王分封的小诸侯国，开国君主是周考

王的弟弟西周桓公。④而恐韩咎不立也：如果前文之"弟"为公子虮虱，则周是想辅助公子虮虱为国君，那么此处"恐韩咎不立"则不通，因为韩咎肯定不会立虮虱，不需要再去"恐韩咎不立也"。且，如此"弟"为虮虱，则"恐韩咎不立也"应为"恐韩之不立也"，其意才通顺。⑤綦母恢：周朝大臣。"綦母"为复姓。

译文

韩公子咎被立为国君，但还没有正式确定下来。他弟弟在周国，周君想要提升他的地位，但又担心韩咎弟弟不能被立为国君。周臣綦母恢说："不如派一百辆兵车护送他。如果咎被立为国君，就说是来护送他的；如果不能被立为国君，就说我们是来押解叛徒的。"

江西日者

赵王李德诚①镇江西。有日者，自称世人贵贱，一见辄分。王使女妓数人与其妻滕国君同妆梳服饰，立庭中，请辨良贱。客俯躬而进曰："国君头上有黄云。"群妓不觉皆仰视。日者因指所视者为国君。

注释

①李德诚：唐末五代十国时人物，曾在南吴杨行密手下任职润州刺史，又为镇南军节度使等职。南唐成立后，被视为立国功臣，拜太师，封南平王，后又被封为赵王。

译文

赵王李德诚镇守江西时，有个占卜看相的人，自称能一眼看出别人身份贵贱。赵王让几名女妓和他的妻子滕国君化同样的妆容、梳同样的发型、穿戴同样的服饰，站在庭院中，请占卜看相的人分辨身份贵贱。那人俯身进来说："国君头上有黄云。"女妓们都不由自主地抬头看向赵王妻子。占卜的人因此指出大家都看的那人是滕国君。

孙兴公

王文度①[坦之]弟阿智②[处之，字文将。]恶乃不翅③，当年长而无人与婚。孙兴公④[绰]有女阿恒，亦僻错，无复嫁娶理。孙因诣文度，求见阿智。既见，便佯言："此定可，殊不如人所传，那得至今未有婚处！我有一女，乃不恶，但吾寒士，不宜与卿计。欲令阿智娶之。"文度欣然而启蓝田⑤[王述]云："兴公欲婚吾家阿智。"蓝田惊喜。既成婚，女之顽嚚殆过阿智，方知兴公之诈。

阿恒得夫，阿智得妻。一人有智，方便两家。

注释

①王文度：王坦之，字文度，东晋名臣、书法家，王述之子。②阿智：王坦之的弟弟王处之，小名阿智。③不翅：不止。翅同"啻"。④孙兴公：孙绰，字兴公，东晋大臣、文学家、书法家，玄言诗派代表人物。⑤蓝田：王述，字怀祖，袭父爵蓝田侯。

王文度［王坦之］的弟弟阿智［王处之，字文将。］做坏事没完没了，年龄大了而没有人愿意和他结婚。孙兴公［孙绰］有个女儿叫阿恒，也很怪僻、不遵循常理，也没有人来和她谈嫁娶之事。孙绰于是去拜见王文度，求见阿智。见了阿智后，他便假装说："这一定行，你一点不像外人传说的那样，哪里至于至今没有结婚呢！我有一个女儿，还不错，只是我家里贫寒，不应该与你计议婚事。我希望阿智能娶我女儿。"王文度很高兴地去禀告父亲蓝田侯［王述］说："兴公想让女儿和我家阿智结婚。"蓝田侯感到惊喜。已经结了婚，王家才发现孙绰女儿的顽劣程度远超过阿智，才知道孙绰骗了他们。

阿恒有了丈夫，阿智有了妻子。一人有智慧，方便了两家人。

术制继母

王阳明①年十二，继母待之不慈。父官京师，公度不能免。以母信佛，乃夜潜起，列五托子②于室门。母晨兴，见而心悸。他日复如之，母愈骇，然犹不悛也。公乃于郊外访射鸟者，得一异形鸟，生置母衾内。母整衾，见怪鸟飞去，大惧，召巫媪问之。公怀金赂媪，诈言："王状元前室责母虐其遗婴，今诉于天，遗阴兵收汝魂魄，衾中之鸟是也。"后母大恸，叩头谢不敢，公亦泣拜良久。巫故作恨恨，乃蹶然苏。自是母性骤改。

注释

①王阳明：王守仁，字伯安，号阳明，明代杰出的思想家、文学家、军事家、教育家，"心学"集大成者。②托子：托盘或者高脚碟之类的。

译文

王阳明十二岁了，继母待他不好。王阳明父亲在京师为官，王明阳心想没人能让他免于虐待。因为继母信佛，他便在夜里偷偷起来，把五个托盘排列在继母房间门前。继母早晨起来，看见托盘，心中害怕。接连几天都是这样，继母更加惊骇，然而她还是没有改变。王阳明于是到郊外拜访射鸟的人，得到一只奇怪的鸟，他把鸟放到继母的被子里。继母整理床铺，看到怪鸟飞出去，非常恐惧，于是召巫婆来卜问。王阳明带了钱去贿赂巫婆，巫婆欺骗王阳明继母说："王状元前面的夫人怪罪你这继母虐待她留下的孩子，现在她告到天帝那里，天帝派了阴兵来收你的魂魄，那被子中的鸟就是阴兵。"王阳明继母被吓得大哭，磕头谢罪说再也不敢了，王阳明也一起哭着跪拜了很久。巫婆故意装作不平的样子，然后忽然苏醒。从那儿以后王阳明继母的性情大改。

谢　生

长洲谢生嗜酒，尝游张幼于先生之门。幼于喜宴会，而家贫不能醉客。一日得美酒招客，童子①率斟半杯，谢生苦不足，因出席小遗，纸封土块，招童子密授之，嘱曰："我因脏病发，不能饮，今以数文钱劳汝，求汝浅斟吾酒也。"发封得块，恨甚，故满斟之。谢是日独得倍饮。

注释

　　① 童子：指未成年的仆役。

译文

　　长洲谢生喜好饮酒，经常出入张幼于先生家。张幼于喜欢聚会宴饮，但是家中贫困，不能让客人喝尽兴。一天，张幼于得到美酒，邀客同饮，张家未成年的仆役给每个人都倒半杯酒，谢生苦于酒不够喝，于是离席去小便，借机用纸包住土块，叫过张家仆役，悄悄递给他，叮嘱说："我因为胃病犯了，不能喝酒，现在给你几文钱酬谢你，请你少给我倒点酒。"张家仆役打开纸封看见是土块，十分生气，便故意给谢生倒满酒。当天只有谢生多喝了一倍的酒。